母の願い

と亜矢子　震災の中で

佐藤さとし

幻冬舎MC

目次

作者の独り言

『都落ち』を古語の辞書で引くと「都（現在は東京を指す）から敗北して地方に移り住む」。すなわち地位が落ちた権力者や、破産に追い込まれた事業家が、逃げ出す先が田舎ということになる。

これは田舎の人に大変失礼な言葉で、格差社会を肯定しているとしか思えない。では、田舎から都に移ることに関しては？　辞書にはなんとも書いていない。古典的な解釈では『成り上がり』が正解か。

いずれにしてもこの二つの言葉は、地方蔑視の色合いが濃い。あたかも都会が地方を食わせているような傲慢さを、感じるのは作者のひねくれ度が強いせいだろうか。

食わせているということに関しては田舎者（この言葉も自虐的で好きではないが）の傲慢さでいえば、いつでも都会を兵糧攻めにしてやると意気込んだりする。——

さて、これ以上脱線しないうちに本編に入ろう。

第一章　思い出の地へ

都落ち。そう、この物語の主人公平野優輔。

彼が都を離れ、遠い北国に職を得て旅立とうとしている青年だ。

2011年3月3日。母が死んでひと月。肉親のいない東京が急に色あせて見え、優輔は、内定していた都内の病院の研修医の職を辞して、母の故郷である北海道旭川の病院への就職を決めた。

葬儀と身辺整理に慌しい日々を過ごしたこのひと月は、母のことを忘れてしまっているかのように気忙しかった。覚悟をしていたとはいえ、母を見送る役目は重く、身寄りのない東京ではなおさらひとりでいる時間が苦しかった。

「お父さんのこともお願いね」

息を引き取る間際に母に託された願いは、故郷に眠りたいという遺言と父のことだった。

父は他界してから遺骨のまま仏壇に安置されていた。父の遺骨を父の実家へ、自分は旭川の実家へ、それが母から託された最後の願いだった。

優輔は北海道までの移動の道筋を思案した結果、愛用のクロスバイクで行くことに決めた。

人には何かしらの拘(こだわ)りというものがあり、他の人から見ればたわいのない物に固執(こしつ)する姿が滑稽(こっけい)に見えたり、生活のスタイルで目を引くと嘲笑の餌食にされたりする。内心に持つ『拘り』は目に見えず実害は少ないが、ほとんどの人が持っていて、それが性格を作ったり、生き方を左右したりする。困難な事柄に遭遇したとき『自分の拘り』が判断材料となり、結果の善し悪しは別として、結論を導き出すことも多い。

優輔の拘りは他人から、後ろ指を指される類のものではなかったが、その拘りとも趣味ともつかない、クロスバイクで疾走する姿の、内心で願う身体能力向上への拘りは尋常ではなかった。今は最早、明日にでも競輪選手としてデビューできるほどの実力を備えた、屈強な身体を得ていた。

あらゆるスポーツの世界でプロと呼ばれるアスリートたちは、技術と身体能力を極める事に拘り続けなければ、その世界に辿り着けないということを知っていて日々研鑽するが、優輔は知らず知らずのうちに、その高みにまで既に到達していた。

優輔がクロスバイクに乗るようになった理由はもう一つあった。

優輔には空想癖と共に内向する思索癖があって、ひとりでいることを好む性質だった。

それにはクロスバイクがうってつけで、部屋に閉じこもるより自由な空間を、移動しながら思索するのが好きだった。

何処へ行くのにもいつも一緒だった、クロスバイクと共に新天地に赴くことは、優輔にとって当然のことであったが、母が生きていたら目を丸くするのは想像できた。


大きな荷物を配送業者に依頼し、クロスバイクに着替えなどの最小限の荷物を積んで、優輔は最初の目的地である、南房総半島を目指して南下した。

南房総半島は太平洋を回流する温暖な黒潮に影響され、冬季でも春のような陽気に包まれ、3月ともなれば早咲きの桜が咲き誇り、その名の通りフラワーラインの沿線は、多彩な花々で道行く人々を楽しませ、潮風は暖かい光で増殖したかのように鼻をくすぐる。

そんな早い春を求めて多くの観光客で賑わう、南房総の目的地が近づくにつれ、人々の歓声とはうらはらに、優輔は亡き両親とのこの地での思い出が、走馬灯のよう

第一章
思い出の地へ

に蘇り、戻りようのない家族との温かい生活の日々の喪失に悲嘆した。

東京の寒さと北へ向かう備えに、冬用のサイクルジャケットに身を包み、バックパックに父と母を背負う優輔の背中が汗ばみ始める頃、岬に面した家族旅行の常宿であったペンションに到着した。

「大変だったね」

宿泊の予約を入れたときに経緯を伝えておいた、ペンションのオーナーは無念そうに語り、優輔に同情してくれた。

「ありがとうございます。父と母に最後にもう一度、南房総を見せてあげたくて連れてきました」

優輔一家の事情を知るペンションのオーナーは、優輔の家族のよき理解者で、優輔は幼い頃からかわいがられた。

父と母の遺骨の入ったバックパックをテーブルの上に置き、花をたむけてくれたペンションのオーナーの優しさに、優輔は涙が自然と頬を伝わるのを止めることができなかった。

優輔にとってこの南房総は、父母と過ごしたかけがえのない思い出の地で、父のランドローバーデフェンダーの後部荷室に積んできたクロスバイクで、海沿いの道を走るのが好きだった。都内を走り回るのとは空気の質が格段に違い、肺に取り込む酸素に、血液が浄化されていくような爽快感と、遠く水平線を行く貨物船と並走するかのような感覚で、ついつい距離が延びがちになり、ペンションへの帰還が遅れ、母を心配させたのは一度ならずあった。

東北の海辺の町で育った優輔の父は、潮風を定期的に浴びないとそわそわする人だった。

気候的に四季を通して楽しめる、南房総は海の好きな父と、花の好きな母の合意の地で、南房総行きで揉めることは一度もなかった。一枚の絵を切り抜いたような、潮の香りを含んだ爽やかな涼風の朝の浜辺を、仲睦まじい親子3人が散策する姿は、事情はどうあれ幸せに満ちていた。

優輔の父は自らの知識と経験を伝えるべく、釣りや素潜り、船の構造から操作法、海の楽しさと怖さを幼少時から優輔に教え込んだ。それはまるで先がないような性急さで、今日（こんにち）の優輔がひとりぼっちになるのを、予感していたかのような厳しい訓練だった。どのような世界で生きていこうと、人に必要なものは強い意志と強靭な肉体だという、父の教えを優輔は今も守っている。

第一章
思い出の地へ

温暖な気候と風光明媚な南房総を、こよなく愛した父と母は終（つい）の棲家（すみか）の地として、この南房総への移住を希望し、優輔もこの地に職を得て暮らすことに異論はなかったが、今は叶わぬ夢となってしまった。

遠く水平線を見つめながら優輔は、南房総を訪れた目的の異端さが、抜けるような青空と底が見えるほど透明感のある南房総の海に、許されるのか？　逡巡（しゅんじゅん）した。

都心で建築事務所を営んでいた優輔の父は、東北地方の大学を出て建築事務所に勤め、その後独立した。公共の建造物から個人の住宅、店舗設計など、数多くの建築設計に携わり、業界の評価は高かった。優輔の父の趣味性に近い、古民家のリノベーションには特に造詣が深く、普通2、3年かかる再生作業は、依頼主の富裕度も高く高収益が期待でき、経営は安定していた。

建築物というものは色んな職種の人たちによって造られていく。

初めに地ならし、測量、設計図、給排水図、建築確認書、土の下になる下水管、給水、給湯管の埋設。同時進行での基礎工事。建物の完成までの大工工事、窓サッシ取りつけ、外壁工事、断熱工事、壁の中を通る給排水、同じく壁の中を通る電気配線、内装工事、屋根工事、庭、フェンス、玄関アプローチ、照明、キッチン、ダクト、バストイレ等々。

設計段階で建主の希望と予算の兼ね合いにイメージを重ね、立体画を描いて提案していく。

大きな建築物は立体模型を作って確認していく。

外壁の材質、色、内壁の材質、色、床の材質、色、屋根の材質、色、サッシの色、雨樋(あまどい)の形状、色。

設計者は主に建主側のイメージで進めていく。そして、イメージを設計図に表現して施工業者に依頼する。建主は例外を除いて一生に一度の、ほとんどが初めての経験ということもあり、設計者は気を使う。

優輔の父は高額の投資に見合った満足を与えるために、建主の要望を細大漏らさず聞き取り、的確なアドバイスを加えて図面と仕様書を仕上げる。その仕事振りは顧客の高い評価を得ていた。

優輔の父をひと言で表すなら才知に長(た)けた善良な人間だろう。表裏がなく誰に対しても分け隔てなく接する。仕事には厳しいが、困窮する職人の面倒もよく見、温厚な性格に友人も多かった。

優輔は父によく似ていたが、幼な子の優輔はただ優しいだけの子供だった。

善良であろうとすればするほど生き辛さを感じ、利己的な振る舞いをよしとする、周囲と隔世し疎外感を味わった。

「子供の頃はそんなものだ。流されないように心に栄養をいっぱい取りなさい」

「心に栄養？」

「そうだ、たくさん本を読み、知識を蓄え、色んな考え方があることを知りなさい。

そうして、自分にとって何が大切か、何が必要か、何をしなければいけないのかを考えなさい。むずかしい言葉で言うけれど、古くから人間には性善説と性悪説という真逆の説を唱える思想がある。簡単に言うと善良な性格が生まれついてのものか？悪意な性格が生まれついてのものか？　という哲学的な話だ。人には良いことをしようとする心や慈しむ心、人を傷つけない、人のものを盗まないという善の思想があって、いい法律というのはひらたく言えばそれが基本にあるんだ。それに反して妬みや欲が強すぎると悪事を働くようになる。優輔はどちらがいい？　どんな人間になりたい？」

「もちろん父さんのような大人になりたい」。幼かった優輔は即答した。

「人間は無垢の中にも善悪の感情を持って、生まれて来るんだろうとお父さんは思う。生まれて育っていく過程で、親や周りの人達が善の方向か、悪意の方向かに、知らず知らずのうちに導いていくような気がする。それでも悪意の強い人間にも慈悲の心があったり、よい心を持とうと努力している人にも妬みが存在したりする。色んな考え方があるって言ったのはそういうことだ。善悪をひと言では言い切れないし、法律が正義でも人によっては悪法になったりする。世の中にはどうにもならないことがたくさんある。

お父さんは自分の気持ちに正直に、よいと思ったことをするようにしている。人の心を傷つけたり、人の道に外れたことをした過去は後悔だらけだ。本の中にはそんな失敗談がいっぱい書かれている。だからよい本をたくさん読みなさい」

「お父さんにも失敗があるの？」

「ああ、いっぱいあるよ」と言って一瞬悲しげな顔をした父は微笑んだ。

優輔は心底、父を尊敬していた。

ごく普通にどこにでもあるような仲のよい家庭。正直者でよく働く夫。そんな夫を心底信頼している妻。唯(ただ)一つ違うことといえば、優輔の苗字と父親の苗字が違うことだった。

小学4年になった優輔は表札に二つの苗字が並んでいることと、父と苗字が違うことを母に尋ねた。

「どうして、お父さんの苗字と僕の苗字が違うの？」

母は一瞬困惑した表情を浮かべたが、すぐに笑顔で答えた。

「お父さんとお母さんには色々と事情があって、籍を入れられないの。でもあなたはちゃんとお父さんとお母さんの子供よ」

母から報告を受けたのだろう、父は優輔を書斎に招き入れ、姿勢を正して椅子に座り話し始めた。

「優輔、父さんには故郷に一度夫婦になった女性がいるんだ。家同士が約束した結婚を若かった父さんは断れなかった。その家は代々続く木造の造船所で父さんをどうしても婿にと、優輔にとってお祖父さんに当たる私の父親を説き伏せたんだ。船大工の私の父親は願ってもないことだと応じてしまった」

苦い思い出なのだろう、父はしばし空を見つめた。

そして又、姿勢を正すと話を続けた。

「今はもう漁船はＦＲＰ（繊維強化プラスチック）が主流で、木造船の時代は終わりに近づいているのに、旧家のプライドだけはやけに高い家族だった。最初は私も懸命だった。経営的に末期症状な造船所を縮小して、住宅建設業に打って出ることを提案したんだが、望まれて婿に入ったわりには私への扱いは冷たかった。冷遇だけならよかったけれど、妻となった女性（ひと）がとてもわがままで私を家来か、下僕（しもべ）くらいにしか見ていなかった。私を婿にと言ったのはただその地方では、一番優秀な大学を出たということだったんだ。幼いお前にこんな話をしても理解できないかもしれないが、その婿に入った相手が離婚に応じてくれないんだ。今は造船所も止め、残った財産で暮らしているらしい。お前とは8歳離れた、お前にとって姉に当たる私の娘がひとりいる。お前がもっと大人になってから話すつもりだったが、疑問に思ったときが伝えるいい機会かもしれないな」

父はそう言うと悲しい顔をして沈黙した。

しばらくの沈黙の後、父はどうしても伝えておきたいことのように口を開いた。

「人との出会いというものは生きて行く上でとても重要なことだ。故郷と過去を棄ててきた私は、当時とても暗かったそうだ。お母さんが初めて私を見たとき、（何がこの人をこんなにも苦しませているのだろう？　生きていく気力も、今にも消え入りそうなふうに見える）と憐憫（れんびん）の情が湧いたそうだ。職場が一緒だったお母さんは、それから何かと私に世話を焼いてくれた。お母さんは涙もろくて、ぽつぽつと話し始めた私の境遇に泣いてくれた。籍を抜けない私にためらいはあったが、お母さんを好きになってしまった。それから少しずつ、そして、何よりよき理解者になってくれたお母さんのためにも頑張ろうと思うようになった。お母さんに出会わなかったら、今の自分はないような気がする。

優輔も出会った人を大事にしなさい。苦しむ人を助け、たとえ自分に何も残らなくなっても人に分け与えなさい。善良な心を持ち続ければ、苦しいときにきっと助けてくれる人が現れる。お父さんはお母さんにそれを教わった」

優輔はその日のことを鮮明に憶えている。

母にたいして籍を入れてあげられない不憫な思いや感謝の思い、急な出奔をして迷惑を掛けたであろう、生家の両親と兄の事。捨ててきた娘の事。

優輔は10歳の自分の世界しかなかった。友達、学校、先生。大人は父の会社の人たちくらいしか接触がなかった。

父に薦められて読んだ本の数は、普通の10歳よりは多かったかもしれない。本に書かれている事が仮想現実だとすれば、父の話は実話で深く自分に関わってきた。

父の苦難と挫折が我がことのように思われ、にわかに現実世界が広がったような感覚に襲われた。自分に祖父母と伯父がいる事、姉がいる事、とりわけ姉がいるということに不思議な憧憬を覚えた。それでも父の苦悩の一部のような気がして、遠い将来会うことがあったらそれはそれで考えようと胸の奥にしまい込んだ。

優輔はその日から、何か自分の中で覚醒していくものを感じた。学校の授業もすらすら頭の中に入ってきて、それまでは平凡な成績だったが、知識が頭脳の中に浸透することに快感を覚えるほどだった。

父の職場にも入り浸った。中高生の長期休暇には職人たちの手伝いをして土木工事から、大工仕事、左官仕事、屋根工事にも関わった。

「優輔君は飲み込みが早い上に手先が器用だね。うちに弟子入りしたら10年かかるところを3年で一人前になるよ。本気でやってみないかと言いたいところだが、優秀なその頭はうちの仕事には勿体ないわな」

優輔の父と同郷の気仙大工が惜しげに語るほど、優輔はなんでもそつなくこなし、真綿に浸み込むかのように、色々な仕事を吸収していった。

知的好奇心が旺盛なまま優輔は18歳になり医大に入った。

10歳の時に父から聞かされた自分が私生児という話は、年齢が上がる度に障害となって優輔の前に現れた。保護者の名前の欄に父の名前を記したがために騒動になり、父親参観の日には他の父兄たちのひそひそ話が聞こえ、父の愛情に微塵の疑いもなかった優輔は怒りが込み上げた。

人間には生きていく上でなんらかのエネルギーが必要で、それは怒りだったり愛情だったり、コンプレックスが源だったりする。優輔の場合は怒りがエネルギーの一部になったが、仲睦まじい両親を見ていて卑屈な思いにはならなかった。

優輔は進路の選択を迷わず医大に決めた。私生児という境遇は人生の中で度々顔を出すだろうと思われ、医者なら私生児だからと断る患者はいないだろうと考えた。

「父さんの仕事を手伝うという選択肢もあるけれど、僕は世界に出て行きたい。将来医師として『国境なき医師団』に参加したいんだ。もちろん父さんの手伝いもできる限りするよ。だから医大に入るのを許して欲しい」

優輔は初めて父に本音を話さなかった。

「優輔、医者という職業は特権階級に属する種類のものだ。優秀な頭脳と、例外はあるがお金が必要だ。制度として仕方のない選別の方法だろうが、人間としてどうだろうという医者が多いのも事実だ。『医は仁術』という古くからいわれている言葉は、医師の持つ特権意識を戒めるためにあるように思える。絶大な国家資格を持つ医者は選ばれし人種だ。それゆえ、錯覚してしまう医者が多いのだろう。患者に尊大に接し、傲慢さゆえに誤診を繰り返す。優輔にはそんな医者にはなって欲しくない。しかし、優輔ならそんな心配はいらないな。大工の棟梁の下で職人たちと仕事をして、多くのことを学んできたお前のことだ、職人の世界の下積みの苦労や汗を流す労苦も知っている。その経験はお前にとってかけがえのない財産だ。何事も謙虚に初心を貫き通すことを忘れずに頑張りなさい」

父はそう言って承諾してくれたが、優輔は見透かされているような気がして、心の中で父に詫びた。

忙しい毎日を過ごす父と母の唯一の安息は、この南房総での休暇だった。東京からそう遠くないこの地をこよなく愛した父は、優輔が医大の4年時に他界した。

何気なく朗らかな生活を送る一家に、突然訪れたこの悲劇は無情だった。優輔の父は建築現場で、クレーン車からの鉄骨資材の落下に巻き込まれ、落命した。

最愛の夫を亡くした優輔の母の悲嘆はいたたまれなかった。手を伸ばせばすぐそこにいた親愛の伴侶、離れることなどないだろうと思われていた、強い絆で結ばれていた父と母。

優輔は自分の悲しみより母を心配した。食事も取らず棺の前から離れようとしない、憔悴し切った母を後ろから抱き締めることしかできなかった。長い時間母を抱き締めていると、母の温もりが自分のやるせなさと悲しみを癒してくれるような気がした。

10月の肌寒い通夜の夜、母は優輔の手を取り、しっかりした口調で話し始めた。

「優輔、あなたが私を長い間抱き締めてくれたおかげで、とても気持ちが落ち着いたわ。背中から伝わるあなたの温もりに癒され、勇気を出さなければお父さんに叱られるような気がしたの。元気になるから心配しないでね」

癒し切れない心情を隠すように微笑みながら母はなおも続けた。

「優輔もお父さんのためにも勉強に励んで。学費のことは心配しないで。お父さんは婚姻を結べない代わりにと、全ての財産をお母さん名義にしていたの。こんな日が来るとは思いもしてなかったでしょうけれど、先々を思慮深く考える人だったからそうしたのでしょうね。でも、あなたの学費や生活費を賄った残りはお父さんの娘さんに渡すわ。優輔、それでいいでしょう？」

「それでいいって、僕が使っていいのかな？」

「あなたもお父さんの子よ。権利はあるわ」

優輔は父の他界により、経済的に学業をあきらめなければならないと覚悟していた。父が残した建築事務所をどうするかも当面の課題だ。父の意志を継ぐことが最善だと優輔は考え、退学を決意していた。

「それはだめよ。あなたにはあなたの道がある。お父さんも決してそれを望んでいないわ」

母は強い口調で学業を続けることを望んだ。

「残りを父さんの娘にって、お母さんの生活費はどうするの？」

「お母さんは働きに出るわ。将来はあなたに面倒を見てもらう。頼りにしているわ」

母はそう言って微笑んだ。父の死によって取り残された優輔と母。悲しみと思い出は生涯忘れることはないだろうが、前を向く母の固い意志に、優輔は母の悲しみの深さを知った。

優輔の家は父の趣味でもあった築120年にもなる古民家を、リノベーションしたモダンな西洋風の造りだった。ショールームも兼ねたその家を訪れ、自宅のリノベーションを決心する人も多く、父が手掛けた古民家は都内に十数件あった。その思い出の詰まった家は高額であっという間に売却された。

「売ってしまっていいの？」。優輔はあまりにも潔い母の決断に戸惑って訊ねた。

「思い出がいっぱい詰まっているけれどいいの。人は物に執着してはいけないわ。お父さんとの思い出はこの胸の中にたくさんある。あなたの学費のこともあるし、残りはできるだけお父さんの娘さんに渡してあげたいの」

優輔は父と母にいかに多くのことを教わったか、改めて思い知らされた。

父の手掛けたマンションにオーナーの厚意で入居し、母は建築事務所の事務に職を得た。

優輔は母の脱兎のごとき行動力に目を見張りながらも、母の寂しさを思いやり、今自分がやるべきこととしていよいよ学業に励んだ。


気丈に振る舞い、父との思い出だけで強く生きていけると言っていた母は、優輔の卒業を待たずに、病に倒れ父の元に旅立った。最愛の母の命を奪ったのは、急性骨髄性白血病だった。

努めて明るく振る舞い快活な仕草を貫き通した意志の強い母だった。病を母は隠し続け、不調になっていく自分の身体よりも優輔のことばかり心配していた。病気が発見されたときには手遅れだった。優輔はすぐ傍らで暮らしていた、母の不調を見抜くことができなかった愚かな自分を責めた。

度重なる不幸に優輔は慟哭した。

（神が本当にいるとしたらどうしてこれほどの仕打ちを私に与えるのだろう？　善良で生きると言っていた父。思いやりの深い優しい母。これほど良心的な人生の模範となるような、ふたりの命を弄ぶように召し上げる神がいるとしたら、私は神を信じない。

父の死を乗り越えるときに支えになってくれた母。自分の悲しみを隠して明るく振る舞った母は、きっとひとりの時間に涙を流していたのだろう）

父と母に報いるために自分の人生を使おうと決心していた優輔は、行き場のない怒りと虚しさに心が痛んだ。

「もう、ここまで来たから安心ね。後は国家試験に合格するだけね。よく頑張ったわ。あなたの母であることを誇りに思うわ」

母の最後の言葉は、優輔を案じていた。優輔の行く末を見届けられない無念さを滲ませながらも、父との再会を喜ぶような優しい顔で逝った。理想の両親像のような父と母との間に生まれ、愛情豊かに育てられた苦労知らずの優輔が、進路を挫折しそうになった大黒柱の父の死を、母の気丈な計らいで潜り抜け、まがりなりにも医者の卵として旅立てるのも、父と母が与えてくれたものだ。

第一章
思い出の地へ

ペンションをそっと抜け出し波が騒(ざわ)めく音以外は聴こえない、静寂な夜の浜辺で拾い集めた薪に火を起こし、少し肌寒いが快晴の夜空に昇り行く煙に、優輔は両親と来たときを思った。思い出は次々と浮かんで涙が頬を伝った。あまりにも早い父と母との別れ、親孝行もできずにひとり取り残されてしまった孤独感は胸を締めつける。生きていてくれたらあれもこれも恩返しできたのに、それだけが心残りだった。

昼の明るさには躊躇(とまど)ったが、暗い夜空に輝く星々の薄明かりは、目的の実行を許してくれているかのようだった。

優輔は白い袋をバックパックから取り出し、波うち際まで歩み出ると、ふたつの袋に入った父と母の遺骨の粉を混ぜ合わせ、打ち寄せる波に向かって撒いた。ほのかな温もりを掌(てのひら)に伝えるその細やかな白い粉は、生前の父母の優しい温かさを感じさせ、優輔はいよいよの別れに涙した。父と母がこよなく愛した南房総の海に散骨することが、南房総を訪れた理由だった。

第二章　北への旅立ち

優輔は父に似て海が好きだ。

房総半島を離れ九十九里浜に向かう道を選択したのも、海を眺めながら走りたいという自然な成り行きだった。大きな視界が開ける海原を見ていると、優輔の空想癖は止まることを知らない。

しかし、今の優輔の胸のうちは内向している。住み慣れた故郷ともいうべき東京、父と母が愛した南房総、もしかしたらもう二度と戻ってこない場所なのかもしれない、この地に後ろ髪を引かれる寂しさ。新天地には希望と期待が待っていて前途は明るいはずなのに、優輔が失ったものはあまりにも大きすぎ、内向はさらに加速した。

人はなぜ生まれ、生きるのだろう。

そして死はなぜ唐突に訪れるのだろう。

何のためにこの世に生を受け、努力を続けるのだろう。

いずれ命の尽きる日が来るというのに。誰に問うわけでもなく優輔は心の中で呟いた。

第二章
北への旅立ち

優輔には父を亡くす前に、ひとり友達を亡くす経験があった。

富沢仁、彼の死も父と同じく突然の悲劇だった。

仁とは優輔がクロスバイクに乗っていて知り合った友人で、通う高校も違えば生活環境もだいぶ違い、普通なら友人になる出会いは皆無に等しかったが、クロスバイクが接点となり仲良くなった。持久力も瞬発力も自信があった優輔を、瞬時に追い抜いていったのがロードバイクに乗る仁だった。

「速いね。追い抜かれたのも追い付けなかったのも初めてだ」

歳も近そうな仁に声を掛けた優輔に、仁は人懐っこい笑顔で答えた。

「君のは趣味のロードだろう？　俺とは目的が違うと思うよ」

「目的？」

「競輪の選手を目指しているんだ」

「へぇ、どうりで速いはずだ」

それから優輔は度々仁と一緒に走るようになり、友達になった。

高校の自転車部に所属して、競輪の選手を目指しているという仁は、母ひとり子ひとりの貧乏暮らしだと屈託もなく笑った。

「優輔のとこは?」

「普通だよ」。優輔はとっさにそう答えたがなにか後ろめたい気持ちだった。

私生児という戸籍的な境遇ではあったが経済的に恵まれ、両親の愛情を一身に受けて育った優輔は、逆境をものともせず目標を決め、突き進む仁に畏敬の念を抱いた。

「高校はどこよ?」

「○○学園」

「へぇ、超進学校じゃん。頭いいんだな。俺は頭悪いし勉強も好きじゃない。だから肉体で勝負できる競輪選手になるんだ。手っ取り早くおふくろを楽させてやりたいんだ」

そう言っていた仁は知り合って3カ月を過ぎた頃に、右折車の側面に激突して落命した。

優輔は放心し、虚ろな眼で小さな祭壇を見つめる、仁の母親にかける言葉を見つけられなかった。仁の遺骨と共に故郷に帰るという、仁の母親の荷造りの手伝いと、仁との最後の別れに訪れた、アパートは小奇麗に片づけられていた。

「訪ねてきてくれてありがとうね。何かしていないと気が変になりそうで、気がついたらすっかり片づいてしまったわ」

「お茶を入れるわね」。そう言うと仁の母は微笑んだ。

「仁は優輔君のことがほんとに好きだったのね。いつも優輔君のことばかり話して、自慢の友達だって。自分も優輔君に負けないように頑張るんだと言ってたわ」

そう言って仁の母は頭を撫でるような仕草で、遺骨の入った白い箱に手をやった。

「優輔君、仁のことを忘れないでね。17年しか生きられなかったけれど、仁は一生懸命生きたわ。親孝行だったし、片親だからと不満も言わず、貧乏も我慢してくれた。そのうち、楽させてやるからと目標も決めて。私は仁の母親でほんとに幸せだった。これから先悲しくなったとき、きっと仁は笑顔で励ましてくれるわ。仁との思い出と一緒に一生懸命生きていくつもりよ。私が死んだらあの世で、仁に逢って褒めてもらえるように生きるの。そしていっぱい、お土産話をしてあげるのを楽しみにしているの」

子を持つ母親とはとてつもなく強い。狂おしいくらい辛く悲しいだろうに前を向こうとするその気性は、子供を産んだ女性特有のものだろうか。

優輔は喪失した友人の母に逆に慰められたような気がした。


今にして思えば、仁の死が医師を目指した動機の一つのような気がする。仁の母の悲しむ姿を見て優輔は、怒りともつかない熱情が湧き出たのを覚えている。命を救う仕事をしたい。人の生死を間近で経験したことが、優輔の進路決定に少なからず影響しているのは間違いなかった。

あの世というものが在るのであれば、父は今頃神様の神殿でも造っているのだろうか。母はその傍らで微笑んでいるのだろうか。仁は幼くして逝った子供たちに、自転車の乗り方を教えているのだろうか。

この世で精いっぱい生きた父と母と仁が残した思い出は、現世に残された優輔たちの心の中に生涯生き続け、間違った生き方をしないように見守ってくれるのかもしれない。

父が生きた時代、父が今の優輔の年齢のとき、父はいったい何を考え、何をしていたのだろうか。

船大工をしていた父親の願いを聞いて婚姻の真っ最中だったのだろうか。不本意な結婚を後悔していたのだろうか。否、きっと父のことだ、諸々の事情を全て受け入れて前を向いていたはずだ。与えられた境遇の中で、最善を尽くすことを考えていたに違いない。そういう強い心を持った父親だと、優輔は子供の頃から知っている。それでも婿入り先での不遇に耐え切れずに、出奔という挫折は耐え難かっただろう。

そして母と出会い、再生していく父。母と出会っていなかったら父はどうなっていたのだろう。父が慈愛に満ちた母と出会えたのは幸運だった。

人生は偶然と必然が織り成す物語なのだろう。後者は努力し蓄積した技術や知恵で形成された、言わば人格と呼ばれる類のもので、人を魅了する薫りを発し、男女問わず引き寄せる。その必然が幸運な偶然を招き寄せるのだろうと、父と母を見てきて優輔は思った。

「お母さんはどうしてお父さんを好きになったの？」

幼き頃の優輔の問いに母ははにかんだような笑顔で答えた。

「そうね、最初は暗い人だなと思ったわ。でも仕事に打ち込む姿がとても誠実で好感が持てたの。少しずつ話をするようになって、色んな事情を知る頃には好きになっていたわ。思いやりがあって優しいし、それに優輔も知っているように才能もあるでしょう」

母が父に惹かれたのが、挫折を経験しながらも誠実に生きようとする父の姿と、その才華だとすれば母の選択は正しかった。父の才能は一夜にして作られたものではなく、日々の研鑽の持続がもたらしたもので、早世したその才能は多くの人に惜しまれた。

父と母が一緒に暮らしたのは20年余り、その二十数年が長かったのか短かったのかは優輔にはわからない。ただ言えるのはその濃厚な時間、愛情に満ちた二十数年を共有した父と母が、幸福だったことだけは間違いない。人間の限られた寿命の中で精いっぱい生きる。それが父と母に教えられた大切なことなのだと優輔は改めて確信した。

優輔は父のような人間になり、母のような女性（ひと）と出会いたいと切に思った。

優輔は幼い頃から地図を見るのが好きだった。

父に買ってもらった地球儀は優輔の宝物で、世界の国々と日本の関わりを、地図と一緒に学び空想した。地図を見ながら空想すると鳥瞰（ちょうかん）的な見識を養える。俯瞰（ふかん）して物事を見る性質の優輔はそのようにして作られた。

日本地図を作った伊能忠敬にも興味が湧き、伝記を読んで優輔は、忠敬の足跡を辿りたいと高校生の頃から考えていた。60に近い（現代なら体力的には70過ぎの歳だろう）年齢で何がその行動のエネルギーになったのか、そのとき何を考えていたのか？知りたいと思った。

隠居して『好きなことをする』というのが初期の頃の忠敬の考え方なように思われ

る（と言っても財力がなければ忠敬のようなことはできないだろうが）。時代は徳川の封建時代。身分の厳正な格差がある時代に好きなことができるのは、その環境が許されていたということでもある。ともあれ、その知的好奇心の旺盛さと研究熱心な忠敬の、名主時代の飢饉に私財を投げ打って、貧民を救済した仁徳にも優輔は魅かれた。贅沢を戒め、質素を尊び、必要とあれば私財を投げ打つ。人間が本来持つべく他者への思いやりを持ち合わせ、なおかつ向上心を切らさなかった、忠敬という人物が残した地図。その足跡を直接辿ることで、優輔は何かを学べるような気がした。

地図で幾度となくシミュレーションしたおかげで、道程のほとんどが頭に入っていた。岬や入江の形から風景までも想像できるほどだったが、実物は大いに違っていた。昼夜を問わず打ち寄せる波、ときには優しくあるときには荒々しく、そのエネルギーは怖いほどだ。海岸の鋭利に削られた断崖を目の当たりにして、幼少期から地球儀が友達だった優輔は、地球という天体について考えたことを思い出した。

（水の惑星といわれるこの地球の大半を覆う海水はいったいどれほどの量なのだろう。もし、海の水がなければ忠敬は地図を作ろうなどとは考えもしなかっただろう。海の水がないものとして想像してみると、人間は山の上の僅（わず）かな平地に住んでいる。

私たちの眼下には、目も眩むほどの谷底があるのだ。海の水がなければ地球自体に国境というものが存在しない？　海水がなければ人間はもっと自由に地球上を往来できき、争いごとも少なくなったのだろうか？　否、海に面していない内陸部に、国境という線引きをしている以上、人間社会と海水の有無は関係ないな。

そもそも、地球を生理学的に見れば、海の水がなければ生物の存在自体が危ぶまれるので、この仮説そのものが無意味だ。科学の進歩で地球の内部がシミュレーションできるようになり、人間は多くのことを知り、多くの仮説を立てられるようになった。しかし、すぐ目の前にある自然の脅威。水害、寒冷、酷暑、地震、津波、台風。地球の表面上で起こる様々な現象に人間は無力だ。地球を鳥瞰的な視点で見れば、蟻山の蟻が知恵を得て、蟻山の周りに城壁を造るが如く、人間も又、様々な建造物を造ることによって地球を支配下に置いたつもりでいるが、地球にしてみれば人間も蟻も同じようなもので、地上を徘徊する一個の生命体に過ぎない。我々は奇跡のような創造でできた、もしかしたら偶然の積み重ねかもしれないこの地球という天体。水の支配下でほんの僅かの地面しか与えられていない、この地球上で人間の危うさと儚さを、自覚して生きていかなければならないのだ）

北上するとまだ冬が終わっていない岬の海風は冷たい、人影も疎らだ。夏には豊かな緑で涼風を楽しませる広葉樹も、まだ新芽の気配もなく枯れ木のように立ち並び、寒々とした空間を広げている。

大きな町の港湾は多くの企業の工場やコンビナート、海運の倉庫が立ち並び、荷物を積んだトラックが列を成して往来している。地方のこうした港湾の活気が、国の経済の原動力なのだろう。多くの工場で生み出される新製品が、作る側使う側の生活を潤わせている。しかし、大量生産の名の下に必要でない物、製品寿命の短い物、疾病を引き起こす有害物質の排出など、経済至上主義の弊害が言われてから久しい。物を大切にする文化は廃れ、経済を回すという大義名分の下に、目まぐるしく生み出される新製品を浪費することが、あたかも正当と思わせるような風習が美徳のように扱われる。

人々が豊かに暮らすのに本当に経済成長が必要なのだろうか？　経済成長で生み出される富は富裕層に流れ、労働者には富の還元はわずかばかりで人々は疲弊し切っている。社会主義もその理念から大きく外れ、権力者の私利私欲と権力の維持のために圧政に陥っている。どのような理念や思想であっても、それを実行するのは人で、その人には崇高な清廉潔白が求められる。国家の舵取りとは民衆の希望を地均（じなら）ししていくのと似て困難な作業だ。その困難な作業の先に待ち受けている報酬は、名誉という名の無の財産だけだ。そのような財産を欲する人だけが、民衆を率いる資格があるのだ。決して理想論ではなく、本来人間が持つ慈悲の心と博愛の心が、幾多の困難を乗り越え、悪しき欲望を駆逐した先に光明が見えるように思う）優輔はそんな風に生真面目に考える自分に、辟易（へきえき）することがあるが、それが自分の性分なのだと思っている。

ゆっくり走ることで見る風景は格別だし、人と触れ合える機会がとても多いのも、自転車の旅のよいところだ。小さな漁港に来ると漁具の手入れをしているのか、漁の出発準備をしているのか、漁港の人々が黙々と働いている。ひと休みしているとよく声を掛けられた。

「何処まで行くんかね？　お茶でも飲んでいかんしゃい」

浜辺で作業しているおばさん達は気さくに声を掛けてくれ、東京から来たと聞くと、色々聞きたがった。

「学生さんかい？　自転車じゃ大変じゃろう。でも若いからいい経験かもねぇ」

今春、大学を卒業して北海道に就職が決まって、そこへ向かう道中だと優輔が話すと、皆、目を丸くして驚いた。

第二章
北への旅立ち

２０１１年3月8日

旅は順調で海岸沿いに北上して、福島県に入った。福島に入ると急に寒さが厳しくなった。少し霙(みぞれ)交じりの雨にも遭遇した。地図で見ると、海から少し内陸部を迂回させられる双葉町に入った。

ここが次の目的地。生きていれば生涯の友と成り得たような、妙に親近感を抱いた仁の母の故郷だ。旅の計画を立てているとき、仁の母の故郷の町を通るのを発見して寄ろうと決めた。仁との思い出を胸に強く生きると言っていた、仁の母になぜかとても会いたかった。住所だけが頼りの訪問だったが、仁の母の生家はすぐに見つけられた。

「ここには住んでいないよ。家は近いけどね」

仁の祖母と思しき老母に案内された、新築の洒落た住宅が立ち並ぶ住宅街の一角に、仁の母の住まいはあった。

「まあ、よく来てくれたわね」

仁の死に憔悴しやつれた表情をしていた、当時の面影は微塵もなく、側(かたわら)に5、6歳くらいの男の子と2、3歳くらいの女の子を携(たずさ)えた、仁の母は幸せそうな笑顔で出迎

「今日は夫も非番で家にいるの」

案内された客間でご主人に挨拶し、客間に飾られた仁の何枚かの写真を見渡し、優輔は仁の母の幸せぶりを感じた。

「突然の訪問で申し訳ありません」

「いいのよ、仁のことを忘れてなくて、こうして訪ねてきてくれるなんて、ほんとにうれしい」

優輔の身の上話に同情し涙まじりに慰めてくれた仁の母に、優輔は自身の母の姿を思い浮かべた。

「りっぱなお宅が立ち並んでいますね」

道すがら見てきた寂れた漁村や町々に、この国の地方経済の厳しさを肌で感じてきた優輔は、仁の母の住むこの町のやけに豊かそうな、町並みに不思議を覚え尋ねた。

「この町は経済的に豊かなんだ。来る途中海沿いに白い大きな建物が見えただろう。あれが福島第一原子力発電所だよ。あれができたおかげで地方の田舎町だった、この町の財政は交付金とか、雇用の増加で豊かになったんだ。私もあそこで電気技師をしてるんだ」

第二章
北への旅立ち

ご主人はそう答えながら、仁の母のほうを見やり優しく微笑んだ。

優輔は我が事のように安堵していく、自分の心に不思議を覚えた。その不思議は仁の母の現在が、喪失の苦悩を乗り越えた先に得た幸福にあり、優輔自身にもいつか訪れる希望に思えたからに違いない。優輔は今まで出会った人々に深く感謝した。それは反面教師だったり、人生の道しるべを示してくれる人だったり様々な人々だったが、不必要な出会いなどひとつもなかったのだと考えた。内省するときも前に進むときにも、出会った多くの人々の行いや想いが参考になり自分を作り上げてきた。と優輔は改めて強く思った。

優輔は次の目的地、石巻日和山の父の生家の祖父母と伯父に、早く会ってみたいと胸を膨らませた。

第三章　被災

２０１１年3月10日

相馬市松川浦の釣り船と民宿を営む、若いときは漁船に乗っていたという、老人の民宿に一泊した。家業はなかなかの繁盛振りで、婦人と若い嫁さんとで切り盛りしているとのことだった。

「家の自慢は息子が捕ってきた魚がお膳になることじゃ、今はヒラメが旬じゃけん、たんと食べなっしょ」

人懐こい饒舌な、この老人は自分の経験を人に話すのがとても好きらしい。婦人にたしなめられても止める様子はなかった。優輔が相づちを打つものだから、なおさら話に熱をおびた。

そのとき、中くらいの地震が起きた。一瞬身構えた老人は揺れが収まると、海を見に行った。

「まあ、このくらいの揺れでは心配ないいんじゃが、海辺では津波が怖いんでなぁ、油断は禁物じゃけん」

船着き場から戻ると、そう話した。

「それにしてもしばらくぶりの地震じゃな、2、3日うちに大きな地震があるかも知れんぞ」

と婦人のほうを見て言った。

「変なことは言わんといて、それにしたって、おじいさんの勘は当たるんだから」

と、けっこう真顔で老婦人は言った。優輔は海水の下の渓谷を思い浮かべた。しかし言葉にはしなかった。

第三章
被災

２０１１年3月11日
海岸沿いから仙台平野に入ると、とにかく平らだ。西方に見える蔵王山は雪で真っ白だ。海抜の高低差もさほどない広々とした平地が、その麓まで続いているかのように見える。
仁の母との再会から優輔の心に少しの変化が生まれ、勇気と希望が満ちて来るようだった。クロスバイクを漕ぐ足にも力が入り、軽快に疾走するその姿は、迷いを吹っ切ったかのように、優輔本来の強い意志を感じさせた。その強い意志が漕ぐクロスバイクは予定よりも早くこの日の宿泊地閖上浜（ゆりあげはま）に到着した。

荷解きをして浜辺に出ると、潮風が冷たく肌に突き刺さり、南房総の暖かさと比べたら縦に長い日本列島の気候の違いを実感させられる。浜から仙台港、松島、石巻、牡鹿半島までは、九十九里浜のように弓なりに弧を描いていて、遠くかすみながら明日の目的地の石巻が見えた。一度も訪れたことのない父の故郷を霞の中に見つめていると、郷愁のような思いに駆られた。血のつながりが成せる業なのか？　優輔には経験のないことではあったがほのかに胸が温かくなって心地よかった。

どんな迎え方をされるのか、一抹の不安はあったが母の死後、色々な手続きも決め事も、自ら動き始めなければ何も進まないということを、嫌というほど味わった優輔には、臆することなく物事に立ち向かう信念が身についてきていた。

「さあ、希望を持って」

仁の母の幸せそうな笑顔からもらった勇気と希望が、いずれ自分にも訪れることを信じ、優輔は海に向かってそう叫んだ。その時、その叫び声を掻き消すかのように、地面が轟音と共に揺れ始めた。揺れはどんどん激しくなっていき、つかまる物がない砂浜では蹲るしかなかった。

「経験的には震度5くらいまでは記憶にあるが、これは、幾つ？　すごいな」

第三章
被災

地面がまるで荒波の子船の上に乗っているかのように揺れた。

揺られながら松川浦のおじいさんの顔が浮かんだ。突然真顔になって海を見に行ったおじいさんの顔。優輔も振り向き、海を見た。さっきまでの浜辺の水際が遠くまで引いていた。

「津波が来る」

優輔の頭の中でおじいさんがそう叫んだ。

優輔は揺れに足を取られながらも急いで民宿に戻った。海辺の古い民家は瓦葺きの屋根の家が多い。潮風に対しての処方なのだろう。ゆらゆらと今にも倒壊しそうな建物の屋根から瓦が落ちて行く手を遮り、思ったより民宿に戻るのに時間がかかった。

電気が止まったのだろう。民宿の中は暗かった。民宿の人たちは時々襲って来る余震に神経を尖らせながら、避難の準備を始めていた。

「お客さんも早く支度して」

優輔を見つけると民宿の奥さんが血相を変えて言った。

優輔は急いで荷物をまとめ、クロスバイクに積んだ。

「自転車は置いて、車に乗って」と民宿の奥さんは先ほどの表情のまま言った。

「否、自転車は置いて行けません」

押し問答の末、「責任は持てませんよ」と言う言葉に背いた優輔は、西を目指して走り始めた。

土地勘のない優輔は、入り組んだ路地裏で迷ってしまった。ようやく路地から出ると、海と並行に流れている堀に、西への進路を妨害された。崩れ落ちた橋で通れない箇所もあり、南下しながら渡れる場所を探した。

「民宿の奥さんの言うことを聞いておけばよかったな」と優輔は少し後悔した。

さらに南下を続けて、ようやく通れる橋の上から海の方を見ると、黒く盛り上がった津波が押し寄せていた。それはまるで優輔が立っている橋の上から、小高い丘を見上げるような盛り上がり方だった。

「来た」。優輔の頭の中は恐怖で一瞬真っ白になり背筋に悪寒が走った。優輔は周囲を見渡し、高い建物を探した。

「あった」

前方に仙台平野の海沿いにあるS空港の建物が見えた。

優輔はなぜか仁のロードバイクの疾走する姿が目の前に現れ、併走するかのように引かれるのを感じて、一目散に空港ビルに向かってクロスバイクを走らせた。

「転んだら一巻の終わりだぞ」と仁に言われたような気がして、優輔は前方に集中して後ろは振り向かなかった。しかし、轟音と飛沫（しぶき）で津波が迫っているのはわかった。喉から何か飛び出しそうな息苦しさと、体温が急に上がったような熱（ほて）りで、大粒の汗が噴き出す恐怖の中で、死が脳裏をかすめた。

空港の駐車場から渡り廊下に上がる階段まで、あと少しというところで足元に水が入ってきた。

次の瞬間、ふわりと宙を舞うかのように持ち上げられた優輔は、目を見開いて前方への逃げ道を探した。時間にして僅かの間がスローモーションのように、鮮明に眼前に繰り広げられた。

波に押し上げられながら階段の中段の踊り場で、恐怖からか身動きできずにいた、女の子が目に飛び込んできた。優輔はとっさに自転車を手放して女の子を抱き寄せ、波に流されないように必死に手すりにしがみついた。

その後も押し寄せる津波から逃れるように、手すりを伝って渡り廊下まで這いずり上がった。

階段に打ちつけたのか、左足が痺れて感覚がなかった。

「この恐怖感はいったい何だ？　この眼下に見える光景はどうやったら作れるのだ？」

二重、三重と押し寄せる津波は、破壊の限りを尽くし、全てを押し流していく。浜辺の家々が木の葉のように波に浮き、互いに折り重なるように接触し、破壊され波間に消えていった。津波に流されながら二階の窓や屋根の上で、救助の悲鳴を上げながら波に呑まれていった人々を幾人も見た。助ける術はなかった。

津波のエネルギーの凄まじさに優輔は身震いしながら、何を祈ったらよいのかもわからずただひたすら神に祈った。

時間が経って辺り一面がプールのようになると、真っ黒な濁流はさっきまでいた場所を覆い、津波に運ばれてきた瓦礫が、階段の手すりに引っ掛かり積み重なっていた。

階段の踊り場で抱きかかえた女の子は、優輔にしがみついたまま震えていた。赤いダッフルコートは水が滴り落ちるほど濡れていた。

優輔は女の子を抱き上げ、痺れる左足を引きずりながら、空港ロビーに通じる渡り廊下を進んだ。空港ロビーでは多くの人々が、再三襲ってくる余震に緊張しながら、不安げに窓の下の濁流を見つめていた。

「あのぅ、すみません、この子のお世話をお願いできませんでしょうか」

自身でさえ不安で堪らないだろうに、声を掛けたその空港関係者の女性は、女の子を別室に連れて行き、どこぞであつらえたのか、すっかり着替えさせ毛布で包んでくれた。

「あなたも濡れているわね、何か探してみるわ」

「あ、僕は大丈夫です。少し浸み込んだ程度ですから」

バイクジャケットの防水力のおかげで体の中までは水が入ってこなかったが、寒さと恐怖で体は震えた。

優輔は改めて所持品の確認をした。バックパックの両親は無事。母からの預かり品も大丈夫。腰に巻いていたポーチに入った財布、カードも無事。携帯電話は水に濡れて使えなくなっていた。とにかく両親の遺骨を紛失しなかったことに優輔は安堵した。

毛布に包まり、女の子と並んで座り、長いこと窓の外の濁流を見つめていた。

女の子は時折、嗚咽して泣いた。大人でもこのできごとは衝撃的だ。ましてや死ぬかもしれない危険な体験をすれば、なおさら恐怖で心が締めつけられるだろう。優輔は毛布ごと女の子を抱き寄せた。

（しかし、どうしたことだろう。空港内にもこの女の子の両親らしき人は見当たらないし、ダッフルコートにかわいいリュックを背負っていたところを見ると、旅行支度

のようだな)

優輔は辺りを見渡し、女の子を捜している様子の人を目で探した。

日没になると電気が消えた空港内は暗闇になった。

(非常用電源は？　そうか津波にやられたな)

あちらこちらですすり泣く声や、不安な気持ちを含んだ、ひそひそと話す人たちの声が聞こえてきた。

「大丈夫ですか？　身体の具合はどうですか？」。さっきの女性とは別の空港関係者らしい女性が薄明かりの中で声を掛けてきた。

「大丈夫です。怪我をした人とか、病人とか多いんですか？」と尋ねた。

「ええ、そういう人たちは医務室に集めて、治療していますが、医師がひとりしかいなくて」

「あっ、僕、いえ私は研修医です。お役に立てれば何かしましょうか？」

「まあ、そうですか。じゃあ先生のところに案内します」

「お子様もご一緒に」と言った女性に優輔は目を丸くした。

医務室は補助バッテリーの電源で、最低限の明るさは確保していた。

「初めまして、今春卒業して研修医になる平野優輔と申します。若輩ではありますが、何かお手伝いをと考え、参りました」

「おぉ、そうか、助かるよ。私は葛城だ。では館内を回って問診をしてくれ、症状の重い患者はこちらに回してくれ、薬も器具もほとんど無いからな。症状だけでも押さえておいて救援を待つしかないんだ。特にショックと寒さで体調を崩す人に気をつけてな」

女の子を先ほどの女性に託し、優輔は胸のポケットから聴診器を取り出した。

「ほう、感心だな。誰に教わった？」

「はい、教授に。肌身離さず持ち歩くようにと」

「どこだ？」

「はい、T大です」

「専攻は何を選んだ」

「はい、生意気かもしれませんが総合医を目指しています」

「優秀なんだな、いい面構えをしている」

「いえ、これから精進します。ありがとうございます」

優輔は一礼して、懐中電灯を借り闇の中に歩み出た。

夜が明けると救援物資を積んだヘリコプターや、救助のヘリコプターが上空を行き来した。

菓子パンやおにぎり、飲み物が配給され、不安は少しずつ解消され始めた。

女の子は空港内ではとうとう身元がわからず、かろうじてリュックに貼りつけてあった『菊地亜矢子』という名札と、中に入っていたノートに書かれた北海道北見市の住所だけが唯一の手がかりだった。

「おじいさんとおばあさんが住んでいるの。ママと行くんだったのよ。それでわたし、幼稚園が終わってから、ここで待っていたの」

地震と津波の、あまりにも過酷な体験に何を聞いてもうなずくか、首を振るだけだった女の子が初めて口を開いた。

「歳は幾つ?」

「5歳」

「住んでいた家はどこなの?」

「すぐそこなの。でもここからは見えない」

そう言って女の子は瓦礫の向こうを指差した。

「誰か居たのかな?」

第三章
被災

「パパがいたんだけど、パパ、ママに暴力を振るうの。それでパパに内緒で、ママとおじいさん家に行くんだったの」

「ママはどこにいるの？」

「仙台の病院。しばらくお休みをいただいてくると言って出かけたの」

「病院の名前は知ってる？」

母親のことを聞かれて女の子は急に泣き出し、首を振るだけだった。

「亜矢子ちゃん？　名前は亜矢子ちゃんでいいのかな」

女の子はなおも泣きやまずに肯いた。

昨夜、問診をひと通り済ませて、肺炎の疑いがある患者を医務室まで連れてきたとき、女の子を着替えさせてくれた女性に呼び止められた。

「お連れの子供さんは貴方のお子様ですか？」

険しい表情を隠そうともせずに詰問された。

「いいえ、津波に流されそうになったところを偶然助けたのです。どうかしたのですか？」

女性のただならぬ険しい表情に訝しげに答えた優輔に、その女性は一瞬表情を和らげたが、

「実はお連れのお子さんにＤＶ、虐待の疑いがあります。着替えさせたときに背中や手足に、何か鞭のようなもので殴られたような傷痕を見つけました」と真剣な眼差しに戻って言った。

そう言われて見た、疲れて眠り込んだ幼子の寝顔はどこか苦悶(くもん)しているようだった。

あどけない、目に入れても痛くないといわれる我が子に、暴力を振るう親が存在することは知っていたが、眼前にその被害者を見るのは初めてだった。

優輔は精神科医が施す虐待における対処療法を想起した。

被害者に対しては親身に寄り添い、情緒不安定と自己否定からの解放を促すこと。

加害者に対しては過度の詰問はしないこと。

心に一度負ったトラウマは容易に払拭できない病であることと、加害者が過去に被害者であった可能性が指摘されている。

虐待の負の連鎖の原因はいったい何処にあるのだろうか。

親が子に、その子が我が子を虐待する不幸が延々と続くとしたら人間は救われない。

脳裏に焼きついた虐待の記憶が人格を歪め、自覚のないまま虐待行為に至るとしたら対処は難しい。ましてや、家族という密室の中で起こる事件は見え難(がた)い。

その女の子が初めて口を開いて、

「パパ、ママに暴力を振るうの」と言うのを聞いて、優輔はなんともやるせない気持ちになった。

女の子自身も父親の暴力にさらされていたのにもかかわらず、おそらく母親が受ける暴力を目の当たりにしたことのほうが、脳裏に焼きついていたのだろう。

昨夜から憐憫(れんびん)の情で女の子を見ていた優輔は、あらためて女の子を憐れんだ。

それにしても不思議でならなかった。精神科医的な見解はさておき、個人的な考えとして、子供を自分の所有物のように扱う親のいることを、優輔は理解できなかった。この世に生を受けた一個人としての尊厳を、どうして尊重してやれないのだろう。少し考えれば誰にでもわかることではないのだろうか。自身の意志の弱さの発露の矛先に、ひ弱な幼子や妻への暴力となって現わしてしまう。医師としてはあってはならないことかもしれないが、女の子の父親に対する怒りは鎮まらなかった。そして優輔は改めて自分の父と母の人間性の豊かさに感心した。

空港で過ごした三日の間に優輔と亜矢子は心を通わせ親密になっていった。明かりが消えた空港の窓から見える、夜空の星々は寒空にひときわ光彩を放ち、優輔はその美しく輝く星座の名前と、そのいわれや物語を亜矢子に語って聞かせた。そしてそのひとときが現状の悲惨な身の上。地震と津波の恐怖、虐待、父母の消息不明から、情緒不安定になっている亜矢子には一番の薬だった。

「お兄ちゃんはお医者さんなの？」

亜矢子は優輔の胸の聴診器を見て聞いた。

「そうだよ。まだ新米だけどね」

「ママは看護師なんだよ。お医者さんは偉いんだって言ってた」

「僕も偉いって呼ばれるような医者になりたいな」

母親と同じ医療に携わる者への親近感もあってか、亜矢子は少しずつ優輔に心を開き始めた。

「お兄ちゃんは何処まで行くの？」。優輔の大きめのバックパックを見て亜矢子が聞いた。

「途中で少し用事を済ませて、亜矢子ちゃんのノートに書いてある、北海道の北見というところの隣にある旭川というところまで行くんだよ」

亜矢子は少しの間思案顔になって、

「ママに会えなかったら一緒に行っていい？」と悲しい表情で言った。

津波にさらわれた人を幾人も目の当たりにした記憶が蘇り、安否のわからない母親の最悪の状況を想定したのだろう。頼る相手に自分が求められているのがわかって優輔は心が痛んだ。

「きっと、ママは無事でいるよ。ママも何処かに避難しているんだよ。水が引いたら一緒に捜そう」

優輔は不安に押し潰されそうなあどけない亜矢子の手を取って言った。亜矢子は窓の外の水の引かない滑走路に目をやって小さくうなずいた。


津波襲来から三日目に、水が引いた地上に降ろされた。

空港に足止めされた人々は、ヘドロが溜まった道をそれぞれの目的地へ歩み始めた。

ある人は家族の安否を確認するために家路を急ぎ、ある人は自身の安否を知らせに会社へ赴いた。

亜矢子は地上に下りると、皆が海から離れるように西に向かうのとは反対に海に向かって歩み始めた。手をつないだ優輔は引かれるようについて行きながら海のほうを

第三章
被災

見た。

津波に押し流される前は、立ち並ぶ家や防風林で、見えなかったであろう水平線が一望された。

優輔は足がすくんだ。今にもまた強い揺れが起こり、再び津波が押し寄せるような恐怖に駆られ、心底海が怖いと感じた。今は一時も早く海から遠ざかりたい思いに駆られた。

亜矢子はある地点まで来ると呆然と立ち尽くし嗚咽した。

亜矢子の住んでいた家のあった場所なのだろう。引きちぎられた鉄筋が剥き出しになったコンクリートの土台だけが残り、津波の破壊力の凄まじさを示していた。

つい三日前まで平凡な日常を過ごしてきた浜の町が、一瞬の間に粉々に打ち砕かれ，無惨な修羅の地になるとは誰が想像しただろうか。優輔はこの現実に言葉を失って傍観した。

我に返った優輔は屈んで亜矢子を後ろから抱き締め、嗚咽の収まるのを待った。励ます言葉は見つからず、ただ無言で抱き締めてやる以外優輔にできることはなかった。

優輔はバックパックを首から胸の前に掛け亜矢子を背負い、瓦礫を避けながら西を目指して歩き始めた。まるで『火蛍るの墓』の妹を背負って、戦下の焼け野原を歩む、兄の心境と重なるような気がした。唯一当時と違うのは空腹を賄う、支援物資から配付されたおにぎりと菓子パン、飲み物が亜矢子のリュックに入っていることだった。

津波の到達地点までは瓦礫が散乱し、流されてきた車が折り重なるように、道路を塞ぎ悪臭を放っていた。クロスバイクと荷物は、破壊され尽くした瓦礫の様相に探すのをあきらめた。

「道具とか機械物はいずれ寿命が来るものだ。だが、それらの金属が溶鉱炉で溶かされて、又何かに生まれ変わる。お前の自転車ももしかしたら、お前が将来手に入れる車の歯車になっているかもしれないぞ。そんなふうに考えると面白いだろう」

そう言った父に首を振り、

「このクロスバイクだけはずっと大事にするよ」と言ったことを思い出し、体の一部を削り取られたような痛みを心に感じた。

消防団員と自衛隊員が犠牲者の捜索をしていて、収容した遺体を運び出していた。優輔たちは遺体の安置所を消防団員に尋ね、数カ所の安置所を回って亜矢子の母を捜した。

優輔より三つ年上の27歳という年齢と菊地亜希子という名前を伝え、線香の煙が噎せ返るように充満した安置所内に、静かに横たわる犠牲者に黙祷しながら、それらしき女性の遺体を見て回った。

幼心に、過酷なこの惨状がどんなに深い傷跡を残すのか容易に想像できたが、亜矢子は一心不乱に母を捜し続け、母親でなかった度に小さな安堵の顔をした。

空港周辺の遺体安置所では亜矢子の母は見つからなかった。

「やっぱり、ママは無事でいるんだよ」。優輔は励ますように亜矢子に言った。

「きっと、ママも亜矢子ちゃんを捜しているんだと思うよ」

その後、優輔たちは空港周辺の避難所を回って亜矢子の母を捜した。しかしそれも徒労に終わって、震災の混乱の中ではもうこれ以上、安否のわからない母親を捜す手段は見つからなかった。

「どうすればいいの?」。亜矢子は遺体安置所での恐怖の体験と、母親を捜し出せなかった不安が、入り混じった濃い疲労の見える身体を優輔に預け、目に涙を溜めて言った。

「一緒に行っていい?」と言った亜矢子の願いに優輔は少しの間、迷い考えた。

（確かにこの混乱した状況下では幼子を抱えての旅は困難を極めるだろう。ましてや、空港と同じ海岸線にある石巻の状況もわからない。空港の被害を考えると石巻も津波によって壊滅的な被害を負っただろう。その石巻に立ち寄らなければならないことを考えると、亜矢子を連れていくのを躊躇せざるを得ない。しかし福祉事務所や警察署に、置き去りにする気にも到底なれない）

「北見に行けば何かわかるかもしれないね。一緒に行こう」

優輔はすでに離れがたい愛おしい感情を亜矢子に抱いていたことを自覚して言った。

亜矢子は顔を輝かせてうなずいた。

津波に襲われなかった地点まで来ると様相は一変した。地震で崩れ落ちた家や、散乱した室内の片づけなどに人々は忙しく働き、供給の止まった食料や燃料を求めて、コンビニやスーパーマーケット、ガソリンスタンドは長蛇の列を成していた。

夕暮れになって優輔たちは、足の踏み場もないほど多くの被災者で、溢れ返る避難所に身を寄せた。段ボールなどで急造された、個室とはとてもいえないように仕切られた枡の中で、疲労の色の濃い被災者は寡黙に横たわっていた。

その脳裏には津波に流された家の再建、町の復興、知人の安否など、様々な思いが去来しているのだろう。失ったものは計り知れない。自然災害の猛威に人間はあまりにも無力だ。

「暖かいね」。いまだに電源が回復しない避難所の暗い片隅で、一つの毛布に包まって横になった亜矢子は、優輔の胸に顔を埋めて安心したように言った。

「亜矢子ちゃん、ぐっすり眠るんだよ。明日は出発するから」

「お兄ちゃん、ママは私を亜矢って呼ぶの。だからお兄ちゃんも私のことを亜矢って呼んで」

「わかった。じゃあ僕は優輔だ」

「優輔兄ちゃん？」

「いや、優輔と呼び捨てでいいよ」

「優輔」。途切れるような声の向こうで亜矢子は眠りに就いた。

亜矢子が眠りに就いても優輔は眠れなかった。、津波の幻影と地獄のような、その爪跡が脳裏から離れず、自然が引き起こすとてつもない暴挙に異常な興奮状態が続いていた。

第四章　父の故郷へ

仙台平野のほぼ中央を南から北に走る国道4号線に出ると、普段はなかなか停まってくれないヒッチハイクの旅人に、すぐにワゴン車が停まってくれた。

震災を体験したこの地の人々が被害の大小はあるものの、その時点では皆心優しき絆を持って他人に接しているということを、この数日の間に肌で感じていた。そのワゴン車のドライバーも例外ではなかった。親子5人が乗ったそのワゴン車は、宮城県南の角田市から秋田に向かうと言う。途中までで良いのでとお願いして同乗させてもらった。

「何処まで行くの？」。何か不安そうな顔をした母親は、亜矢子にシートベルトを締めてあげながら訊ねてきた。

「取りあえず石巻まで。そこでひとつ用事を済ませて北海道まで行きます」

「そうなの、私達は子供達が心配だから秋田の実家に避難するの」

「避難？」。怪訝な顔で聞いた優輔に

「知らないの？」とハンドルを握る父親が言って、車載のテレビを指差した。

そこには、にわかには信じがたい光景が映し出されていた。

「福島の第一原発だよ。津波を被って爆発して放射能を撒き散らしているんだ。ここから80キロくらいしかないから、取りあえず遠くに避難するんだ」

電気のない孤島のような、被災した空港内では情報が皆無だった。テレビに映し出される原発の事故の様子や避難する車列、津波で破壊された港湾や街並みを、食い入るように見つめた優輔はようやく事の真相を理解した。真っ先に思い浮かんだのは、仁の母とその子供たちだった。

（ああ、ようやく手にした仁の母の幸せをまたも無残に翻弄するのか？　あの避難する車列の中に仁の母と幼子たちがいるのか？）

優輔は目を凝らしてテレビに見入った。しかし、テレビの画像の中にそれらしきものを確認できるはずはなかった。原発に勤めている幼子たちの父親はどうしているのだろう。

優輔はとにかく無事でいてくれることだけを祈った。しかし、大学時代の学友の言葉が記憶に蘇り優輔は絶望的な不安に陥った。

「外交官をしていた父のお供で、ウクライナのチェルノブイリ原発の事故跡を見学したことがあるんだが、もう驚きの連続だったよ。人の住めなくなった高濃度の汚染地域は、家や畑が森に呑み込まれて、原生林のようになって。それも広範囲でだよ。そこに住んでた住人や子供たち、特に子供たちに甲状腺がんが多く発症したらしい。事故の時はソビエト時代だから、情報が操作されて被害が大きくなったらしい、放射能漏れに対応した作業員にもかなりの死者が出たそうだ」

（原発の付近の町の人たちもチェルノブイリの人々のように、二度と故郷に帰れぬ流浪の民となってしまうのだろうか？　それよりもこのまま被害が拡大すれば、日本そのものが消滅してしまうのだろうか？　これは大変な事になった。津波の被害に原発事故か、日本はいったいどうなってしまうのだろう）

人々は今息を殺して原発事故を注視している。優輔は亜矢子に目をやって考えた。

（このご夫婦は子供たちを案じて、できるだけ遠くへ避難することを考えている。それはごく自然な思いだ。かつて経験したことのない放射能という脅威から、親が子供を守るために、行動することを杞憂だと誰が言えるだろうか。情報ほど当てにならないものはない。人の手を伝わってくる情報は操作され真実を伝えないことが多い。何よりもこの福島の原発事故は、情報の発信者でさえ詳細も、これからの予測も正確に把握できないだろう。なぜなら、自身の目で直接確認することが不可能だからだ。亜矢子を同行して正解だった。あの地の福祉事務所か、警察署に預けてきたら、私は

第四章
父の故郷へ

きっと後悔しただろう。今自分にできることは亜矢子を守り、無事に祖父母の元へ送り届けることだ)。優輔は改めて自身に言い聞かせた。

車窓から見える内陸部の地震の被害も激しかった。道路はひび割れ、所々で隆起していてその度に車は速度を落とした。全壊した家々もあちらこちらで見受けられた。

「32年前の宮城県沖地震の時は小学生だったけれど、その時よりも被害は大きいようだね。でも新しい家は比較的損傷は少ないよ。けっこう地震に備えた家造りをしてるからね」

自分の家も被害は少なかったが、原発事故の収束如何(いかん)では戻れないかもしれないという不安からか、ハンドルを握る父親は無念そうに話した。

仙台から北へ30キロほど走った秋田へ行く三叉路で、ワゴン車の家族連れと別れた。

「日が暮れると停電しているところは真っ暗になって出歩くのは危険だ。災害に乗じて悪いことをする輩(やから)も出てくる、気をつけて行くんだよ」

震災という共通の体験をした者同士といったらいいのか、車内で交わした会話が心に残り、痛みを分かち合うような、優しい感情が別れを惜しませた。

「優輔、おなかがすいたよ」。亜矢子の声で優輔は感傷的になっていた気分から我に返った。

「避難所で頂いたパンとおにぎりはどうしたの？」

「あげちゃった」

ワゴン車の中で仲良くなった3人の子供たちに、リュックに入れていたパンとおにぎりをあげてしまったと亜矢子は言う。

「全部？　どうして」

「だって、おなかが空いているって言ったんだもん」

「そうか、そのときは亜矢はおなかが空いてなかったんだね」。亜矢子は得心したように笑顔になった。

「じゃあ、少し我慢して、どこかで食べ物を見つけるから」

安易に考えていたが被災地では、食料事情が極端に悪くなるらしい。コンビニに入ってみると陳列棚は空っぽだった。車の往来も少なく、生活そのものが止まってしまったかのようだ。

1時間は歩いただろうか。もう疲れて歩けないという亜矢子を、背負ってから3、40分は経っていた。

第四章
父の故郷へ

「ごめんね、ごめんね」。優輔の背中で亜矢子は涙声で言った。叱られることを極端に避けようとするのが、虐待を受けた子供の特徴だが、亜矢子はパンとおにぎりをあげてしまったことで、叱られると思ってしまったのだろう。亜矢子の心の不安が背中越しに伝わってきた。

「大丈夫、亜矢は何も悪いことはしていないよ」

「ほら、少し街並みが見えてきた。ここならきっと何か見つかるよ」

優輔は自身の不安を掻き消すように、努めて明るい調子で亜矢子を励ました。


田舎の小さな団地らしい街並みの一角に洒落たレストランが見えた。営業はしていないみたいだが、手書きのお品書きが道行く人に向かって立て掛けてあった。

『おにぎり１００円、唐揚５個１００円、とんかつ１００円、豚汁１００円、エビフライ１００円』

「ちょいとしたボランティアさ。皆、食べ物に困ってきただろうから。食材の在庫はいっぱいあるし、ガスは大丈夫だったし、水は山間で汲んできたんだ。こんな非常時でちょっと迷ったんだけれど、無料にしないで原価だけいただいているんだ。そのほうが気兼ねしないだろうと思ってね。でもお金が無いなら御代はいいよ」

優輔たちのいでたちをしげしげと見つめて、人の好さそうなレストランの主人は、疲れ切っていた優輔と亜矢子に椅子を勧めてくれた。

5日ぶりに温かいスープと焼肉とご飯をいただいた。亜矢子は満足そうに、無邪気な笑顔を取り戻した。

「助かりました。朝から何も食べていなかったものですから」

「だいぶ遠くからきたみたいだけど何処からきたの？」

優輔は東京から自転車で来て、S空港で津波に襲われたことを話した。

「そうか、助かってよかった。ごらんのように今回の地震が尋常でないのは、電気や水道の復旧がかなり遅れていることでもわかる。電気がこないと情報も入ってこないんだ。津波の映像も3日後に、山間の電気がきているお宅で見せてもらったよ」

「こちらのお店は被害が少ないようですね」。優輔は店の壁紙に、ところどころ亀裂が走っているのを見ながら言った。

「揺れは相当激しかったけれど、建物そのものはなんとか持ち堪えてくれたよ。東北地方は地震が多いところだし、特に宮城県は地形的なものがあるのかわからないけれど、地震の中心になることが多いんだ。それにしても今回の地震は、今まで経験したことのない揺れだった。福島の原発事故も心配だね。運よく地震の前にガソリンを満タンにしていたんだ。できるだけ使わないようにして、原発が大爆発でもしたら、北に逃げられるように用心しているんだ」

ワゴン車のご夫婦はいち早く行動に移したけれど、レストランのご主人も用心している。皆考えることは一緒で、原発事故の動向を緊張感を持って見守っている。

そもそも、人口の少ない過疎地に原発を造るということは、事故が起きる可能性を示唆しているような気がする。一旦事故が起きたときの避難者が、数百万人単位になったら、この国の経済は破綻してしまうし、その収容先も問題だ。誰も大都会の近くに、原発を造ろうとしないのは、そこに理由があるのだろう。確信犯的な為政者の思惑で履行される、数々の危険性の高い施設が集中する、過疎地の犠牲の上に、この国は繁栄を享受している。

旅の途中でお茶をご馳走してくれた浜の人たちや、泊まった宿の人たちの顔が浮かんだ。過疎地で生き生きと暮らしていた人々が、無事に逃げ果たせただろうことを優輔は祈った。

「何処まで行くの?」。優輔が大事そうに背負う、バックパックに目をやりながらレストランの主人が聞いてきた。

「石巻です」

「あそこも大変な状況らしいよ。実家でもあるのかい?」

「ええ、父の生まれ故郷が日和山というところで、父の納骨に」

「そうか、日和山は津波の難は逃れたみたいだが、妹さんを連れては難儀だな。2、3日様子を見てからのほうがいいかもしれないな」

　そう言ってレストランのご主人は自宅に泊まるように勧めてくれた。今夜の宿はどこぞの家の軒下か、公園のベンチを覚悟していた。昼の間は寒さも和らぐが、夜ともなれば耐えられない寒さが襲ってくるだろうことはわかっていた。幼子を連れての困難を乗り切る思案をしていたときに掛けられた、レストランのご主人の言葉が優輔は涙が出るほどうれしかった。

　日没と共に電気が止まった街並みは人通りが途絶え、人々は震災の、比較的軽い自身の被害に安堵する一方で、肉親と住まいを失うという過酷な沿岸部の、多くの人々のことに想いを馳せて、怖いほど静寂な闇夜の中で喪に服しているかのようだった。

(ワゴン車の車載テレビで見た想像を絶する津波は、幾人の人々を呑み込んだのだろう。波打ち際まで開発してしまった傲慢な経済優先が、被害の拡大を招いたのだとしたら、もっと細やかな想定の下に逃げ果せる知見を持つべきだったのだろう。文明の力など到底及びもつかない自然界の摂理の前では、人類は畏怖を持って生きていかなければならないのだ)。優輔は眠れぬ夜に考え込んだ。

肌寒かった津波襲来の3月11日から数日のうちに、春の陽気が訪れたように暖かくなってきた。

朝、目覚めるとレストランのご主人は奥さんと3人の子供たちに、

「今日は休むよ」と朗らかな顔をして言った。

呆気にとられたような顔をする家族に、

「ほら、考えてみれば5日もお風呂に入っていないのに気づいたんだ。隣町の町営温泉はさすがに此処より西に在る分、被害が少なくて営業しているそうだ。皆で行こうよ」

「賛成」。子供たちは即座に反応して歓声を上げた。

亜矢子は同年代のレストランの子供たちに歓迎されてすっかり仲良しになっていた。

「さあ、君たちも行こう」

優輔は少し心配した。亜矢子の虐待の傷痕はだいぶ薄くなってはいたが、お風呂で温められたら浮き上がってしまうのではないかと。優輔は密かにレストランの奥さん

第四章 父の故郷へ

に理由を話し、傷痕のことには触れないようにお願いした。

「うちはね、男の子ができなくて3人娘なんだ。レストランは3人のうち、誰かが優秀なコックを婿にして継いでくれるとうれしいんだけどね。ようやく知名度も上がってきて、私一代で終わりでは寂しいからね」

湯ぶねに浸かってしみじみとした口調で語り始めた、レストランのご主人の話を聞きながら、優輔は父のことを思った。

「私の父は建築の設計士でした。でも、私は父と違う医者になる道を選んだのです。父もご主人のように考えていたのでしょうか？」

「君はどうして医者を志したんだい？」

「私は私生児なんです。父と母は立派な人でしたが、私の人生には私生児というレッテルが生涯ついて回るように思ったのです。偏見ってありますよね。それなら最高の位置まで上ろうと考えて医者を目指しました。父は私の思いを見透かしていたと思います。何も言わず認めてくれましたが、人間としてのあり方を諭し、肝に銘じることを約束させられました」

「うん、君のお父上は本当にできた人だったんだね。普通の親は家業を継いでくれるのを望むものだが、子供の可能性を応援する姿勢はすごいね」

「はい、父は懐の深い人でした。私の『国境なき医師団』という当てずっぽうな志望動機も見抜いていて許してくれました。それゆえ、父の思いや言葉の重さは私の心に深く在ります。今は本当に将来『国境なき医師団』に参加したいと考えています」

「そうなの、でも、国境なき医師団って薄給でボランティアに近く、日本の医者には参加のハードルが高いと聞いてるけれど君はそれでも行くの？」

「はい、お金は必要ですが、お金のために医者になったわけではありません。愚直でもいいのです。病人に寄り添う医者になりたいと思っています」

レストランのご主人は感心したような口ぶりで話し始めた。

「いいね、君のような医者が増えたら世界は幸福になるよ。私もボランティアっていうほどではないが、人を助けることにとても関心がある。まがりなりにもこの地で商売させてもらって暮らさせていただいている。今回の炊き出しも妻の発案で始めたんだが、同じことを考えていたんだよ、夫婦で。ポケットマネーからユニセフにも少額だけど寄付したりしている。世界中から後進国の貧困や教育、医療にもっとお金が集まれば、後進国の自立が進むと思っている。ある富豪の遺言に自分が死んでから50年後だか、１００年後だかに全財産を世界のために使うというのがあったけれど、あれには笑ったね。今でしょ、今使わないでいつ使うのよって。今の危機に使わなければ

50年後、100年後の世界はどうなっているかわからないでしょ。もしかしたら人類は絶滅しているかもしれないのに」

優輔は父の教えを規範に生きてきて、今また、父のように誠実に生き、純粋に社会との関わりを考え、実行しているこのレストランの主人と出会ったことが、父の導きのように思えた。

人生をどのように生きようと人それぞれ勝手なのが世の中だけれど、人生の終焉に去来する自身の記憶に、満足と後悔が交差するとすれば、満足した思いが多いほうの人生を送りたいと、レストランの主人の生き方を見て優輔は強く思った。

「ところで、ずいぶん歳の離れた妹さんなんだね。将来すごい美人さんになって兄さんを悩ませそうだ」

「いえ、実は兄妹ではないんです」

「そうなの？　でも顔立ちが実によく似ているね」

優輔はこれまでの経緯を伝えた。

「そうか、それは誰にでもできることではないよ。よく決心したね」

お風呂を上がると真新しい下着とシャツとセーター、ジャケットにジーンズが用意されていた。

「お古で悪いんだが、私が昔着ていたものなんだ」

「いえ、ありがとうございます。何から何までお世話になり、ほんとになんと言っていいのかわからないほど感謝でいっぱいです」。優輔は深々と頭を下げた。

「久しぶりのお風呂は気持ちよかったね」

娘さんたちのお下がりを着せてもらった、亜矢子の清々しい香りに鼻を近づけて優輔はうっとりしながら言った。

「うん、小母さんに髪も洗ってもらったよ」

「そうか、それはよかったね。いい匂いがするよ」

「小母さん、変なんだよ。亜矢の髪を洗いながら涙ぐんでいた」

手足の傷痕は治りが早いが、背中の傷は肌が柔らかい分、消えるのにもう少し時間がかかるだろうと危惧していた通りだった。優輔は事情を先に話していたことに安堵すると共に、レストランの奥さんの心配りに感謝した。

第四章
父の故郷へ

震災から7日が経っていた。

もう少し泊まっていけと言うのを、先を急ぎたいのでと丁重にお断りして決めた出発の朝、レストランの駐車場に、優輔にはとても懐かしいイギリス製のランドローバーデフェンダーが威風堂々と乗り入れてきた。

「おお、来たな」。レストランのご主人はそう言うと、車に歩み寄りドライバー席の初老の男性に挨拶し、振り向いて優輔たちのほうを指差した。

「この方は内海さんといって店のお得意さんでね。今日、石巻を通って牡鹿半島まで行くと聞いて、石巻まで乗せてくれるように昨夜連絡しておいたんだ」

優輔は少し涙ぐんだ。女々しいかもしれないけれど亜矢子を後部座席に乗せると、レストランのご主人と抱擁して感謝を伝え、奥さんにも深々と頭を下げた。

「また、いつか遊びにきなよ」

「はい、必ず」

別れは悲しい。ましてや心が通い父にも似た、優しさに溢れたレストランのご主人との惜別に優輔は涙腺が緩んだ。

しばらく感傷にふけっていた間に、車は半分ほどの行程に来ていると、初老に入ったかと思われる年代の内海さんが話しかけてきた。

「あ、すみません。ありがとうございます」

「日和山だっけか、近くまでしか行けんかもな。日和山は少し高台になっているから、津波はその横を通って町まで到達したんだ。火災もすごかったし、まるで戦場のようじゃった」

「はい、ヒッチハイクで乗せていただいたワゴン車の車載テレビで見ました。日和山の近くまで行けたら、後は頑張って歩きます。あの、内海さんが行く牡鹿半島って石巻よりもっと東に突き出たところで、原発もありましたよね」

　地図に詳しい優輔は福島の原発事故を思い浮かべながら、牡鹿半島にも原子力発電所があったのを思い出して言った。

「ああ、女川原発な、地震で止まっているようじゃな」

　苦々しそうな顔をして、内海さんは吐き捨てるように言った。

「我（わし）は若いときにあの女川原子力発電所の、建設反対の先頭に立っておったんじゃよ。結局は負けてしまったが、ただ反対するだけではいかんので原発について、よう勉強したわ。結論的にはスイッチを切れば停止するようなものではないということじゃ。原子炉が何かの事故で暴走を始めたら、手を触れることもできずに最後はドカンさ。幸い、女川は無事だったようじゃが福島は大変だな。ズーっと冷やし続けなければなんねぃ、途方もない時間と労力を掛けてな。爆発で撒き散らされた放射能物質で人の住めないところも出て来るだろうな。我（わし）はそんな怖いものが近くにできるのを反対したんじゃ、だけども、お国の方針という奴には補助金が付いてきてな。金に目が眩んだやつらが勝ちおった」

内海さんは当時の苦々しい経験を思い出すかのように語った。

「ちょっと狂信的になって、そいつらとやりあって地元に居られなくなってな。それで我(わし)は単身赴任なんじゃ、内陸に行って事業を始めて、家内は浜の家を守ってきたんじゃが、その家が津波にやられてな、今は山の上の神社に避難しておる。浜には親戚も多くて、後ろに積んでいる荷物はいわゆる救援物資じゃよ。そろそろ引退かと思っていた矢先にこの災害だ。まだまだ働けってことかいな」

「そうだったんですか、尊敬するに値する戦歴ですね。でも、なんか挫けている様子ではないですね」。優輔は感嘆しながら、初老のこの男性に強い信念を感じた。

「今になって反対運動も無意味でなかったことがわかったんじゃ。反対運動中の原発の責任者が我々の話を聞いてくれたのか、計画より原発の敷地の高さを10メートル高くしてくれたんじゃ。それで今回の津波を被らずに済んだんじゃよ。勝利は我らの手にじゃよ」と言って内海さんはニヤッと笑った。

「それはよかったですね。内海さんのところの浜の被害も相当酷かったのですか?」

「ああ、家と船はほとんど全滅じゃな。台風くらいの高波なら防潮堤を超すことはないんだが、国では想定外と言っているが、浜の裏山には昔の津波の痕跡が残っておるんじゃ。石碑みたいなものが半分地中に埋まっていてな、我ら浜の者はご先祖様から言い伝えられて皆知っちょる。小さな浜じゃけん、皆で協力し合って誰も犠牲にならずに済んだとよ、浜の家から水平線が見えるのも幸いしたと我は思っちょる、海の表情を見て生活するのが浜の漁師じゃけん、勘が働かないと平時でも命を落とすんじゃ」

海の近くで暮らす恩恵と背中合わせで、危険も覚悟しなければならない厳しい環境を意識して生活する。浜の人々の屈強さと内海さんの人生に優輔はまた一つ学んだ。

「ところで、この車はデフェンダーですよね。父も乗っていて千葉の南房総へ家族旅行でよく乗って行きました。懐かしいです」

「そうなの？　それは奇遇じゃなぁ、この車は2代目で前のやつから数えたら30年、デフェンダーに乗っちょる。小さいトラブルはあっても大きな故障はないし，機械というのは骨格が大事と思っちょる。長持ちすれば結局経済的じゃな。それにデフェンダーは無骨でカッコいいじゃろう。我の唯一の趣味じゃよ。君の父上も解っている人だったんじゃな。それに今度の災害で、道が寸断された半島では地図にない獣道を走らんと浜に行けんからな。今回は大活躍じゃが、いよいよ、こいつとも別れなければならんよ」

残念そうに語る内海さんに優輔は訊ねた。

「それはなぜですか?」

「家を再建するための軍資金になるんよ。デフェンダーは中古でも高く売れるんでね。内地の事業も売却して、本格的に浜に戻ろうと考えちょる。我んところはまだ良い。経済的にも心情的にも、立ち直れない浜の仲間がたくさん出るじゃろう。そんな奴らの力になりたいんじゃ」

自身の苦しみと浜の人々の将来を案じる内海さんの言葉に、優輔は復興の厳しい現実をまざまざと見せつけられた思いだった。

どんな悪路も走れるという文字通りに、日和山の麓までデフェンダーは走ってくれた。車窓から見える津波の傷跡は、人間が海に捨てた多量の汚物を、津波にお返しされたように堆積されていた。幹線道路は車の行き来のためにいち早く片づけられ、ボランティアと自衛隊の人々が黙々と瓦礫やヘドロと闘っていた。

亜矢子は自分の住まいの無残な姿を思い出したのか、押し黙ったまま、食い入るように見つめていた。

焼け焦げとヘドロの匂いが混ざり合った、瓦礫の山をぬうように走って、目的地の近くで牡鹿に行く初老の闘士と別れた。

思えば、たくさんの人たちと出会い、数え切れないくらいお世話になった。父と母への恩返しはもう叶わないけれど、いつか今回お世話になった人たちになんらかの形で恩返しをしたい。レストランのご主人のように、広い視野と慈しみを持って医師の道を極め、立派な人間になろう。そうすることがお世話になった人たちと、亡き父母への恩返しだ。優輔はそう心に誓った。

父の実家はすぐに見つかった。日和山のけっこう高台にあり、地震の被害もさほどなかったようだ。優輔はもう躊躇するようなことはなかった。電気がこない薄暗い玄関の戸を開け、

「こんにちは」と声を掛けた。

蝋燭の火でほんのり明るい居間から出てきた、お祖父さんらしき老人は優輔と亜矢子を一瞥して居間に招き入れた。

「初めまして、工藤優二の息子の優輔です。こんな災害時にお訪ねして申し訳ありません」

優輔は姿勢を正して老人を直視した。しばらく沈黙が続いたとき、奥の部屋から出てきたお祖母さんらしき老婦人が、孫に会う喜びを満面に湛える笑顔で優輔に話しかけた。

第四章
父の故郷へ

「まあ、よう来なさったなぁ、大変じゃったろう。話は聞いてるけんね。ゆっくりしんしゃい」

「お前は黙っとれ」。老人は怒ったように老婦人を睨みつけて口を開いた。

「優二はな、わしに黙って嫁の家を出たんじゃ、わしの顔に泥を塗りおって、どの面下げて帰って来れるんじゃ、お骨になったから帰ってきましたなんて、あんまりじゃないか」。お祖父さんは涙を拭おうともせず、さめざめと泣いた。

「お祖父さんな、友達ぎょうさん亡くしたんで、涙もろくなっとるんよ」。お祖母さんは辛そうな表情でお祖父さんの隣から声を掛けた。

「申し訳ありません、でも父は」と言いかけたのをお祖父さんは遮り、

「わかった」と言ってうなずき、お骨を出すようにと言った。

二つ並んで出したお骨入れを見て、お祖母さんは、

「お母さんはいつ亡くなったん」と聞いた。

「僕が大学を卒業する直近でした」

「そうかい、不憫じゃのう」

「母のお骨は旭川の母の実家へ連れていきます。父をよろしくお願いします」と言って優輔は頭を下げた。

「その子は？」。お祖母さんに聞かれて優輔は経緯を話した。

「そうかい、不憫じゃのう。お母さん、無事だとよいのう」

　亜矢子は大きくうなずいた。

　父が子供の頃遊び回っただろう、日和山の展望台公園の桜はまだつぼみだったが、震災の爪痕を見下ろしながら開花の準備を始めていた。眼下には無残にも津波に流され火災を起こし、原形を留めない住宅地の荒地や、コンクリート造りの小学校らしき建物が一望され、多くの人々が行方不明者の捜索のために瓦礫を掻き分けていた。

「優二の兄貴もな、あそこで捜索に加わっておるんじゃ、消防隊員じゃけん」。お祖父さんが指差しながら言った。

「じゃけんども、悔しいのう。見てみい、海はいつもと変わらず凪いでおる。そんが、あないな牙を剥いたんじゃ、友達や知り合いをぎょうさん連れていきおった。海は宝もくれるが油断もしちゃなんねいだ」

　お祖父さんと並んで優輔と亜矢子は海に向かって黙祷した。

「優二は幸せだったようじゃのう、お前を見てすぐにわかったじゃ、お前のお母さんには何度も手紙をもらって返事も出さずに悪かったのう、ほんとはお前のお母さんには感謝しておったんじゃ」

お祖父さんの言葉に優輔は邂逅したような気持ちになって涙ぐんだ。

「なんも、おもてなしができんとご免なしゃ、救援物資を嫁が取りに行ってるけん、おにぎりくらいはあると思うんじゃけん、待っててな」。お祖母さんは亜矢子を膝の上に乗せ、孫を可愛がるような仕草をしながら言った。


翌日、裏山の墓地に赴く前にお祖父さんは母の遺骨を出せと言った。優輔は怪訝な気持ちで差し出した。

「一緒が優二の望んでいることじゃろう」と言って母の遺骨を父の遺骨袋に半分入れ、父の遺骨も母の遺骨袋に半分入れた。優輔は涙が止まらなかった。

「父も母も本望だと思います」。そう言うのが精いっぱいで、後は言葉にならなかった。

裏山の墓地には昨日お祖父さんにお願いしていた父の娘、優輔の姉に当たる人も小さな子供を連れてきていた。

焼香を済ませ、優輔は母に託された通帳と印鑑の入った小袋を姉に差し出した。姉は何と話し掛けたらよいのか、迷っているような表情で優輔を見つめていた。

「僕は平野優輔です。この袋に入っているのは父が残した遺産です。僕が医大を卒業するのにかなり使ってしまい申し訳ありません。父がずっと心に掛けていた姉さんに手渡すようにと言われて来ました」

一度受け取った姉はすぐに優輔に差し返した。

「これは受け取れないわ。あなたのお母さんはずっと私宛に送金してくれていたの。だからこれ以上受け取れないわ」

優輔は母から何も聞かされていなかった。

「幼い頃から母に父の悪口を聞かされて育った私は、父をすごく憎んだ。父のいない寂しさも追い討ちを掛けるように、心に悪意が育ったわ。でもあなたのお母さんからの送金の封筒に、謝罪の言葉や父の近況が丁寧に書き添えてあって。母の行状と比べられる年頃になって、父が本当に母が言うような人か疑問を持つようになったの。今はとても後悔している。お父さんがこんなに早く亡くなるなんて、思いもしなかったから。お母さんに気兼ねしてお父さんに、会いに行かなかったことをとても後悔している」

姉ははらはらと泣いた。優輔は父の愛情を独り占めにし、悲哀を与え続けた姉に悲痛な思いを抱いた。

「父も時々すごく寂しそうにしていたのを憶えています」

優輔は何と話したらいいのか、後の言葉が見つからなかった。

姉は優輔の手から通帳と印鑑の入った小袋を取るとお祖父さんに手渡した。

「お祖父さん、これはお父さんからのお祖父さんへの宝物よ。母がした仕打ちは取り返しがつかないけれど母を赦して、ほんとにごめんなさい」

優輔と姉は日和山のベンチに腰掛けて、長いこと父と母の思い出を語り合った。亜矢子は姉の子と仲良く遊んでいてくれた。優輔と姉は姉弟であることを互いに確認し合い、再会を約束した。

第五章　母たちの故郷へ

震災から10日目の朝、亜矢子をこれ以上待たせるわけにはいかないと考えた優輔は引き止める祖父母に「必ず会いにきます」と約束して別れを告げた。

「次に来るときは復興が進んだ石巻を見に来いしゃい、否、年に一度は来んしゃい。孫よ、達者で暮らせよ」

祖父母に見送られ、優輔と亜矢子はいよいよ北海道を目指して旅路に就いた。

「優二はな、優秀な弟だったよ。小さい頃から近所では神童と呼ばれるくらいにな。何をやらせても器用にそつなくこなして、一を知って十を知るってやつかな。平凡な俺はそんな弟の陰に隠れてずいぶんやきもちを焼いたよ。そんな優二に目をつけたのが、親父が世話になった造船所の社長でな。娘の婿にって高校生になった頃には親同士が決めていたんだ。優二は親思いで優しかったから断れなかったんだ。それが優二の唯一の失敗だろうな。東京に出て行く時、俺に親父とお袋の事を頼んで行ったわ。俺は今でもそのときの優二の悲しそうな顔と『頼む』と言った俺への信頼の顔を忘れないよ。今でも優二は俺の自慢の弟さ」

人はなんらかの確執を持って生きているものなのだと、父の兄の話を聞いて優輔は思った。

その伯父に見送られ優輔と亜矢子は青森行きの列車に乗った。

内陸部を南から北へ貫通する鉄道は復旧が早く、生活基盤の物流も回復しているようだった。

手つかずの状態で遅々として進まない、津波の打撃を受けた沿岸部と比べると、内陸部の状況は天と地ほどの差がある。途中見かけた避難所は疲れ切った人々で溢れ返っていた。

復興の道のりは険しい、人々がこの困難を乗り越え、新しい楽園を1日も早く築き上げることを優輔は祈った。

第五章
母達の故郷へ

青函フェリーが函館にまもなく着くというところまで来ると、今まで経験してきたことがまるで夢の中の出来事のように感じられた。しかし、それは夢ではなかった。実際に津波に巻き込まれ生死の狭間に立たされたS空港のあの階段も、襲い来る真っ黒い大津波も、幾人もの人が波間に消えて行ったことも、水が引いた瓦礫の間に重なっていた遺体も、全て優輔が体験し、見たものに間違いない。

優輔がかろうじて生き延びられたのは、ただ単に運がよかっただけのことかもしれない。

優輔の心の中に残る生と死の体験が、被災地を離れれば離れるほど逆作用するように、鮮明に残像として蘇った。

（父と母を失ったとき、神など信じないと言った自分が津波に襲われている最中に神に祈った。神の存在を否定し自分の信念だけで生きていこうと考えていた、以前の自分は傲慢だったのだろうか？　その答えは見つからない。今の自分の中にはどうしようもない空虚な感情だけが残っている。それはまるで心にぽっかり穴が空いているような感覚だ。津波に襲われた後、我を忘れてしまうかのように襲ってきたその空虚感に耐えられたのは、母との約束と亜矢子の存在だった。もしも、亜矢子と出会っていなかったら、自分の心は壊れていたかもしれない。亜矢子を救うつもりが実は自分自身が亜矢子に救われていたのだ）

科学の進歩で宇宙の片鱗（へんりん）と、我々が暮らすこの地球の大枠は見えてきつつあるが、それらはほとんどが仮説に過ぎない。生命の大枠も見えてきているが、知能を持つという人間の存在自体が、不思議な謎に包まれている。その知能が生み出した宗教という神の存在は、暴力的な人間の性（さが）が暴走しないようにくい止め、善良に生きることを示唆し、終わりある生命（こころ）の終焉の救済にその存在の意義がある。宗教の定義はそのように単純だ。神は科学では証明されない存在？　確かに現在では宗教上の創造主と、宇宙との関わり合いは否定される。

　宗教は戦争の引き金になる？　それは断じて人間の欲望が生み出す（宗教者の野望が端をなし）類だ。宗教を絶対視し偏重し過ぎたところに人間社会の混沌（カオス）がある。

　宗教は狭義的に見るよりも広義に捉え、日々の暮らしと共に歩むのがよい。さもなくば宗教者の欲望に翻弄されてしまうのが目にみえている。

　西洋やイスラムの神は天地創造などにみられる、言わば超人（スーパーマン）を祭り上げている絶対神だ。ひるがえして、東洋仏法は幾多の瞑想、修行の果てに辿り着き『悟り』を得た生身の人間そのものが仏となり、人々のあり方を問うて、俗世界と密接に結びついているように思える。言うなれば西洋神は唯一無二。東洋神は自己啓発を促す併走神（仏）といったところか？　優輔は内向する思索の中で突然思い浮かんだ（自分も善良に生き続けるための良い神に巡り会いたい）と。

「亜矢、おなかがすいたね」

「優輔、さっき食べたばかりだよ」

北見の役所に問い合わせ、母親の無事を確認できてから、亜矢子は憑きものが落ちたように明るい表情になって、先を急ぎたい思いが優輔を急かせた。

「サンドイッチと牛乳お待ちどおさま」。亜矢子は冷たい牛乳を優輔の頬っぺたにつけて、可笑しそうに笑った。

「亜矢、僕はお兄さんだぞ。お兄さんを敬わないと将来ろくな者にならないぞ」

「何を言ってるのかわかりません」と言って亜矢子はベーをした。

優輔と亜矢子は今は肉親以上の絆で結ばれていた。それでも北見に行けば、優輔と亜矢子にその先はない。北見には亜矢子の母が待っているのだ。そこでお別れだ。

優輔は断ち難い惜情と葛藤して、亜矢子の幸せを願った。

北見の住所に辿り着くと、そこは広陵とした牧草地だった。絵に描いたように広がる農園が亜矢子を歓迎しているかのようで優輔は安堵した。

洒落た洋風の建物から真っ先に飛び出してきたのは、亜矢子の母だった。

足より体が先に走るものだから、優輔たちのいるところの数メートル手前で案の定転倒した。

亜矢子が駆け寄り、母に抱きついた。しばし抱き合って泣く親子を優輔は傍観しながら、先ほどの亜矢子の母の転倒シーンが思い出された。我を忘れ、気持ちが先走って駆け寄る姿を見て「転ぶよ」と心の中で叫んだのに。

「ママね、ちょっとあわてんぼうなんだけど可愛いんだよ」

亜矢子が言っていたのを思い出し、微笑(ほほえ)みがこぼれるのと同時に長い間保(たも)ち続けた緊張感が解きほぐされていくのを自覚した。

「すみません、お連れするのが遅れて申し訳ありませんでした。お母様もご無事でなによりでした。私は平野優輔と申します」

リビングに通されて事の顚末を説明し、幾つか質問を受けた後、丁寧にお礼をいただいた。

「亜矢、よかったね。ママに会えて。僕もこれで安心して旭川に行けるよ」

お暇して門のところまで来ると亜矢子が追い駆けてきた。

「優輔、優輔、優輔」

亜矢子は涙を拭おうともせず、優輔に抱きついた。

「きっと、また、会えるよね。だって優輔、みんなに約束してきたもの、きっとまた来ますって」

「もちろん、亜矢は僕にとって一番大切なひとだから会いに来るし、住所が決まったら知らせるから、亜矢が会いたくなったらいつでもおいで」

幾度かの別れの中で最後に一番辛い別れが待っているなんて思いもしなかった。

旭川の赴任先の病院への挨拶を済ませると、優輔は母の納骨のために母の生家を訪ねた。

母の両親はどちらも健在で、優輔を歓迎してくれた。

「母が亡くなって遺品を整理しているときに初めて、こちらの住所がわかったものですから、知らせることができなくて申し訳ありませんでした」

祖父母は母の遺骨を強く抱き締め、愛しそうに頬ずりしながら涙ぐんだ。

優輔はいまさらに血を分けた子供との、つながりの深さを軽んじてきた自分を恥じた。なんとしても母の死を伝えなければならなかったと後悔した。

「東京に戻るの？」

「いいえ、旭川の病院で研修を始めます。母が育った旭川というところにとても惹かれて、研修地に選びました。それにしばらくは母の傍（そば）にいてあげたいと思いまして」

「まあ、そうなの。じゃあ、この家に住むのはどうかしら？　そうしてくれたら、とてもうれしい」

祖母は娘である母の面影を重ね合わせているかのように、優輔を愛しそうに見つめ、懇願した。

「ね、お父さん、いいわよね」

祖父は母の遺骨を胸から離そうとせずに涙ぐんでいたが、我に返って言った。

「うれしいな、まさか孫と一緒に暮らせるとは思ってもいなかったよ」

「あの、父のことを」と言うのを遮り、お祖母さんは話し始めた。

「わかっていたの、でも史子(ふみこ)が可哀想で許せなかったの。史子は何度も手紙を寄こし、あなたが生まれたことや、優二さんに大事にされていることを知らせてきたわ。幸せだって。私たちがもっと早く会いに行くべきだったの。世の中にはどうにもならないことがいっぱいあって、あなたのお父さんと史子のような形も理解してあげるべきだったわ。ごめんなさいね」

優輔は涙ぐむとふいに亜矢子の顔が浮かんだ。

「優輔は泣き虫なんだから」

幾度かの惜別に惜情の涙を流し、感謝の涙を流し、亜矢子の前で本当に幾度も泣いたのを思い出した。

「泣き虫か」

「亜矢、これが最後だよ。もう泣かないよ」

優輔はそう呟いて、祖父の涙もろさが自分に遺伝していると祖父を見て思い、泣き笑い顔になった。

母の実家のお墓は旭川の郊外にある広々とした霊園にあった。風の香りが清々しいこの地で、父と母が一緒に眠れる。優輔は母の願いを叶えるという旅の目的と、母が望んでいた以上の、父と一緒に眠れる幸せを、母に与えることができたことに心が満たされた。

納骨を済ませると、遠くから誰かこちらに向かって歩いて来るのが見えた。霊園には相応しくないような水色のワンピースに赤いコートを着ていた。連れの女の子を見て優輔は目を疑った。

「亜矢」

優輔が叫ぶと同時に亜矢子が駆け出した。

「優輔」

しっかと抱きとめて高く抱き上げた。信じられないできごとだった。

「元気だったか」

「うん」

第五章
母達の故郷へ

優輔は少し涙目になった。

「優輔はほんと泣き虫なんだから」

と言いながら亜矢子の目も潤んでいた。

亜矢子の母は一緒に来ていた祖父と祖母に一礼して、優輔に話し掛けた。

「亜矢がどうしてもあなたに会いたいと言い出して、失礼とは思いましたが、こちらにいらっしゃると伺ってきました」

「いいえ、私も亜矢がどうしているんだろうと気に掛けていました。会えてうれしいです」

亜矢子を片手で抱き上げたまま、優輔はそう答えて亜希子を見た。

亜矢子が大人になったらこんなふうになるだろうと、想像できるほど似ていて素敵な女性だった。

「あの、ご焼香を、亜矢のこともお礼したいですし」

優輔は亜矢子を降ろして会釈し、赤いコートを預かった。

赤いコートを脱ぐと水色のワンピースは、わりと霊園に溶け込むように違和感がなかった。

母子が並んで屈み焼香する姿に、亜矢子を無事に送り届け、母親も無事だった奇跡のような再会の手助けをできたことに、優輔は満足感を覚えた。

帰り道、亜矢子は優輔の祖父母に手をつないでもらい、スキップを踏むように歩いていった。優輔は少し遅れて亜希子と並んで歩きながらなぜか胸の高まりを感じた。

「あのう、実はこれからはあなたのことを『先生』と呼ばなくてはいけなくなります」

優輔は亜希子の突然の言葉を理解できずに、その美しい横顔を盗み見た。

「私は仙台で看護師をしていました。主人とは仙台で知り合って結婚したのですが、私の見る目がなかったのか暴力を振るう人でした」

どこか身体にその時の傷が残っているのだろうか？　亜希子はコートの襟で首筋を隠すような仕草をしながら言った。

「亜矢にも危害が及んでしまい、あの震災の日、主人に隠れて、幼稚園から直接S空港にきて、落ち合う約束をしていたんです。津波で流されてしまいましたが、空港と目と鼻の先くらいのアパートに住んでいまして、亜矢とはよく空港に遊びに行っていたので、亜矢は大丈夫と言っていたのです。私は仙台の勤め先に退職の手続きを済ませ、空港に向かうバスに乗っていて地震にあったのです。バスはそれ以上は行けないと途中で降ろされてしまいました」

　優輔は地震に襲われたときの恐怖をまざまざと思い起こし、同じ思いをしたであろう亜希子のそのときの心境を思いやりうなずいた。

「時間的に津波がきたときに、亜矢が空港に向かって歩いていると思った私は絶望してしまいました。ひとりで行かせたことを後悔しました。水が引いた後、遺体の安置所を回り、瓦礫の中を捜し回りました。行方不明の方も大勢いて、亜矢もその中に含まれているのかと思いました」。当時の絶望感を思い出したのか、亜矢子の母は唇を噛んで優輔の目を見つめた。

「主人はアパートにいて津波に巻き込まれ亡くなりました。暴力が酷くなってからは勤めも辞め、酒びたりの状態でしたから逃げ遅れたのでしょう。主人の葬儀を済ませ、亜矢の捜索願を出して、北見に戻ってきていたのです」

「私たちも貴女のことを捜し回ったのですが、どこかですれ違ったのですね」

　優輔は地震と津波の混乱の中で、会うことが叶わなかった母子の運命の一端で、亜矢子を救って亜希子の元に送り届けたことに、不思議な縁（えにし）を感じた。

　亜矢子の母は歩みを止めて優輔の方を向いて話を続けた。

「亜矢があなたに助けられ、ご一緒しているとは夢にも思いませんでした。亜矢があなたを慕って会いたいというのは、傷ついた心に優しく添っていただいたからだと思います。命も心も助けていただきました。本当にありがとうございました」と言って深々と頭を下げた。

「亜矢がこれからもあなたに会いたいというので、考えた結果、あなたの勤務する病院に勤めることにしました。亜矢がもう少し大きくなってあなたを必要としなくなるまででよいのです。私たちのわがままを聞いていただけませんでしょうか？」

亜希子の娘を思う言葉に優輔は母のことを思った。

（この人も私の母と同じように自分を犠牲にしてでも我が子を守り抜くのだろう）

優輔は小さくうなずいて言った。

「私も亜矢が経験した過酷な震災や、ご主人からの虐待の心の傷のケアを心配していました。貴女より年下の私が言っては失礼ですが、ご主人のＤＶを受けた貴女の心の傷を癒す力にもなれたらと思います」

亜希子は頭を振りながらも目が涙で潤んでいた。

優輔はポケットからハンカチを取り出し、亜希子に手渡しながら言った。

「私は旭川に来てからずっと考えていることがあります。亜矢と一緒のときは無我夢中で目的地を目指していましたが、ひとりになってからは空虚感に苛まれているのです、その原因は震災にあると思うのです。あの震災を経験した後、心にポッカリ穴が空いたような状態が続きました。それを忘れさせてくれていたのが亜矢だったのです。これから私はいったい何をすべきかを考える日々を過ごし、ようやく結論が出ました。私は研修が終わったら、被災地に行こうと決心しているのです。ですから、亜矢と一緒にいられるのはその間だけになります。それで許していただけますか？」

亜希子は一瞬驚きの表情を見せて優輔を見つめ、しばしの沈黙の後、口を開いた。

「亜矢が一緒に行きたいと言ったら、連れていってくれますか？　私にもお手伝いをさせていただけますか？」

亜希子の唐突な言葉に驚き、その目を見つめた優輔は、

「ええ、亜矢はもう私の家族のような気がします。亜矢が私を必要としなくなるまで一緒にいましょう」と真剣な眼差しで答えた。

第五章
母達の故郷へ

旭川での生活は平和そのものだった。苛酷な体験をした優輔たちには、平和な日常というものがどんなに大切なものなのかがわかった。

3人で過ごす朗らかなお茶の時間や公園の散歩は、幼き頃の優輔が父母と過ごした時間を思い出させ、優輔が希求していた幸せがそこにあった。

北の大地は空気が軽いように感じられる。どこまでも平坦に続く緑の草原に延びる舗装路を、疾走するクロスバイクは震災で失った愛機と同型のものを手に入れた。休日の朝早くぶらりと走りに出ると、どこからともなくロードバイクに乗る仁があの屈託のない笑顔で現れ併走する。その速さは前にも増して速くなっていた。

失ったものは戻ってはこないが、それらは思い出の中で生き続け、時に人を慰め、励ます。そうして生きていく人に勇気を与えてくれる。生きていれば新たな出会いがあり、新たな希望が待ち受けている。そんな幸せな日々を優輔は旭川で過ごした。

ただ一つ気がかりなのは仁の母と連絡が取れないことだった。

原発事故でちりぢりに避難した彼の地の人々、幼子を抱える仁の母のことが思いやられた。

仁の死の時はひとりでの帰郷だったが、今は守るべき家族のいる仁の母のことだ、きっと強く生きているだろうと優輔は信じた。

第六章　再び被災地へ

震災から3年が過ぎ、優輔たちは今、被災地にいる。

旭川での暮らしの中で優輔の空虚感、あの心にポッカリ穴が空いたような状態は亜矢子と亜希子のおかげで徐々に薄らいでいったが、被災地で医療に携わる決心は変わらなかった。

むしろ、被災地に行くことが心にポッカリ空いた穴をすっかり塞いでしまう最後の仕上げのように考えていた。

旭川での研修一年目に、優輔と亜矢子と亜希子は本当の家族になった。亜矢子は今では優輔を「パパ」と呼ぶ。そして亜矢子には弟ができた。

「優希」と名づけられた亜矢子の弟は、優輔たち家族の絆をいっそう深めるかのように、朗らかに笑う。震災を知らずに生まれてくる優希のような、これからの子供たちに震災の経験を伝えるのは難しい。せめて、親の責任として我が子には伝えよう。優輔は優希の愛らしい笑顔に、命を守る行動の大切さや、父から教えられた数々の知恵を伝授する義務を感じた。

優希を抱きあやす優輔を、少し寂しげな目で見つめる亜矢子を、優輔は夕方、浜辺の散歩に連れ出した。いまだに古傷のように残る、震災の津波の恐怖が蘇り、優輔の足は一瞬、竦む。しかし海は素晴らしい。人類に恵みを与え、地球という生命体の根幹を成すその営みは、正に地球の母といってよいのだろう。何よりもその美しさはどんな芸術家でも描き出せない美だ。畏怖と畏敬を持って海を見る。優輔は水平線を見る度、そんなことを思う。

　優輔は手をつないで歩く亜矢子に語り掛けた。

「亜矢、亜矢とパパは血がつながっていないけれど、あの震災のS空港で過ごした時間と、一緒に旅をして生まれた絆は、少しも変わらずにパパの胸の中にある。亜矢はいつまでもパパの天使だよ。これから、悲しいことや辛いことを経験することもあるだろう。でもいつもパパが見守っていることを忘れないで。亜矢は世界で一番のパパの娘なんだから」

　亜矢子は愛らしい笑顔で肯いて言った。

「優希は？」

「そうだね、世界で一番の息子かな」

「じゃあ、ママは？」

「もちろん、世界で一番の愛妻」

「みんな、一番なんだね。ちょっとつまんない」。亜矢子はクスクスと笑いながら、満足したように優輔に抱きついた。


被災地は津波に破壊された、海岸沿いの低地をかさ上げした台地と、かさ上げのために削り取られた山々の茶色い土で埃っぽい、ダンプカーが引っ切りなしに往来し、土煙で環境は最悪だ。

のどかな被災前の風光明媚な浜を、取り戻すには相当の時間を要するようで、家を失った人々は高台に建てられた仮設住宅に暮らしている。

一家5人のうち、4人も震災で亡くしたひとり暮らしの老婦人や、家も財産も全て失い虚ろな眼差しで暮らす人々など、不幸のるつぼのような被災地の惨状は、3年の月日を経ても何も変わらない。内陸の親戚や知人を頼って、被災地を去った人々も多いと聞かされた。

そんな中でも漁業の再生に乗り出す人や、狭い仮設住宅で黙々と勉強に励み、被災地の力になりたいと大学を目指す高校生など、道のりは険しく遠いが確実に前に進んでいると、優輔たちを受け入れてくれた役場職員は語った。

第六章
再び被災地へ

被災地での医療事情は甚だ厳しい。何よりも医師そのものの数が絶対的に不足している。仮設の診療所を幾つか掛け持ちで、優輔と亜希子は診療を続けた。いまだに仮設住宅で暮らす多くの人は、希望を持てない日々を過ごし、体調を崩す人が絶えない。そういったところでは心のケアも重要で、亜希子は被災者に寄り添い、話を聞いてあげるのが上手だった。

「苦労を掛けるね」

働き詰めの亜希子を労わり、掛けた言葉に亜希子は、

「いいのよ、被災した人たちと比べたら私たちはずっと恵まれているわ。何よりも私はあなたと一緒にいられるのが幸せよ」と言った。

「一つ聞いても言いかい？」。優輔は亜希子を抱き寄せ、「亜矢が一緒に行きたいと言ったら、連れていってくれますか？　私にもお手伝いをさせていただけますか？」と言われたときの驚きを伝え、どうしてそんな言葉が口から出たのか聞きたいと思っていた、と言った。

「そうね、大胆な言葉だったわね」と言って亜希子は微笑んだ。

「あのとき、あなたの心が病んでいると感じて、亜矢を救ってくれたあなたを、今度は私が救わなければと真剣に思ったの。亜矢も北見に来てから悪い夢を見るのか、夜

に泣き出すことがあってよく抱いて寝たわ。あなたの震災で傷ついた心がすぐに理解できて、ひとりにしてはいけないと考えたの。先のことはあまり深く考えていなかったわ。でも、少しあなたに惹かれ始めている自分の心に正直でありたいと思ったのも確かね」

優輔は愛おしさのあまり、亜希子を強く抱き締めた。

「あなたの心にポッカリ空いた穴は被災地にきて消えたの?」

強く抱いた腕の中から見上げて亜希子は聞いた。

「いや、被災地にきて感じたんだ、ポッカリ空いた穴はそのままでよいと。喪失感や虚無や空虚感が入り混じった、ポッカリ空いた穴が被災地の人たちの傷ついた心にも見えて、私の穴など被災地の人たちの受けた絶望と比べたら、ほんとに小さいと思う。でもその穴が空いているうちは、被災地の人たちとつながっているように思える。心に受けた傷を無理に忘れようとしないで、新しいことに生きていけばよいと考えるようになった。記憶に留めておくためにも、逆に忘れてはいけないことなのかもしれないね」

「あなたは本当に強い人になったわ」

亜希子は優輔の背にまわした手に力を込めて言った。

第六章
再び被災地へ

町役場が用意してくれた住まいに4人で暮らし、亜矢子は人数の少なくなった小学校に通い、将来優輔と同じ医師を目指すと言って勉強に余念がない。忙しい両親のために幼稚園から帰る優希の世話もよくしてくれる。

父の実家で祖父母と姉にも再会した。

姉は少し明るくなったように見えた。

日和山から見る被災地は瓦礫がすっかり片づけられ、復興の槌音が鳴り響いていたが、津波の傷跡は至るところに残されていた。

「お母さん、無事でよかったなぁ」

お祖母さんの言葉に当時を思い出したのか亜矢子は祖母を抱き締めた。

レストランのご主人も家業に忙しそうだった。

「元気そうで何よりです」。優輔は亜希子と優希を紹介しながら、お世話になったお礼をし、近況を報告した。

「うん、うん」とうなずきながらレストランのご主人は優輔の手を取って涙ぐんだ。

過酷な体験をしたこの地は、優輔と亜矢子にとって忘れがたい人々との絆の生まれたところであり、その人々の優しさに引かれるように、我が身の空虚感が被災地に貢献したいという気持ちを駆り立て、この地に移住してきた。

実際に見たものは忘れられない。旭川で安楽な生活を送るという罪悪感もあった。この地で被災者に寄り添い共に生きることによってしか、虚脱した心が解放されないのを優輔はわかっていた。

そして、強く正しく生きることを望んだ父と、幸せな家族を得ることを願った母の思いが、成し得たものが今の自分だと。優輔は改めて父母の導きに感謝した。

完

あとがき

貞観津波という古い記録があったのにもかかわらず、それを十分検証することもなく対策をすることもないまま、未曾有の災害を喫してしまった東日本大震災は多くの人命を奪った。

警鐘を鳴らし続けた地質学者や地震学者の声は経済という怪物に飲み込まれ、人々の油断と共に被害を大きくした。

『天災は忘れた頃にやって来る』とは、昔よく近くの老人に聞かされた。

その言葉は暗に一人ひとりよく考えて日頃から対処法を考えておきなさいと言っている。

国家が、或いは人々が富み続ける努力をする理由は唯一つ、それは非常時の人民の救済にある。

この災害の詳細を後世に伝えていくのが奇しくもこの時代に生まれ、災害を体験した我々に課せられた役目であろう。

震災遺構の保存も大切だが小中高の三段階の授業で、必須科目として学ぶようにすれば防災意識は、教育制度がこの社会からなくならない限り、千年でも二千年でも続くように思われる。

この物語は津波で肉親を亡くされた方々の苦悩や慟哭に触れていない。それは想像に絶するからだ。ただただ、ご冥福を祈るのみだ。

ならば、心の中で生き続けていることを感じ、亡くした人の分まで強く生きていくことを願ってやまない。


過日、被災地で「絆」という言葉が自然に使われ始めたことに高名な学者の方が「絆」という言葉の本来の意味と、使い方に異議を唱えている談話を新聞で読んだ。別の適当な言葉を探し当てるべきだと言っていたが、言葉というものが時代によって変化するものだとすれば、未曾有の震災が大きな変化のきっかけでもよいのではないかと考える。

国語辞書に新たな注釈（震災で使われ始め、新たな意味も持つようになった）をつけて、震災を語り継ぐ言葉として生かすのもよいのではないかと思う。

そして、これだけははっきり言える。震災の当事者として、その時確かに被災者とそれを心配する人々が一つの家族になったような感覚がいまだに心に残っていることを。

〈著者紹介〉
佐藤さとし（さとう・さとし）
幾度かの引っ越しにも紛失せずに、17歳の時から本棚の真ん中に『持続する志』という大江健三郎のエッセー本があります。洋食屋を営み40年。趣味が高じてエンジンまで分解修理するほどの機械好き。最近では築100年の古民家に自ら手を掛け、現代風にアレンジして現住まいにしています。次は古民家についてきた畑で農作業に取り組む予定。『持続する』という言葉を座右の銘として生きてきて、老いて尚、若かりし頃の『志』のひとつ、物語作家に挑戦する日々を過ごしています。

母の願い
―優輔と亜矢子　震災の中で―

2024年2月16日　第1刷発行

著　者　佐藤さとし
発行人　久保田貴幸

発行元　株式会社 幻冬舎メディアコンサルティング
〒151-0051　東京都渋谷区千駄ヶ谷4-9-7
電話　03-5411-6440（編集）

発売元　株式会社 幻冬舎
〒151-0051　東京都渋谷区千駄ヶ谷4-9-7
電話　03-5411-6222（営業）

印刷・製本　中央精版印刷株式会社
装　丁　弓田和則

検印廃止

ISBN 978-4-344-69043-1 C0093
幻冬舎メディアコンサルティングＨＰ
https://www.gentosha-mc.com/